Histoire d'un mec sur le pont de l'Alma

C'est l'histoire d'un mec... vous la connaissez, non... oui... non, parce que si... non... parce que des fois y a des mecs... bon... ah oui... parce que y a des mecs... vous la connaissez... non, dites-le parce que quand les gens y la connaissent après on a l'air d'un con... alors là le mec... ah oui parce que y a des mecs... des fois... non c'est un exemple... oui y a des mecs... alors... euh... ça dépend des mecs... parce que y a des mecs... alors... bon des fois c'est l'histoire avec des bagnoles tout ça... et puis le mec oui, euh... mais là non... ah oui... non là c'est l'histoire d'un mec... mais un mec... normal... un Blanc quoi... ah oui parce que dans les histoires y a deux genres de mecs... ah oui... alors t'as le genre de mecs... oui, euh, moi, oui euh, oui, oui, le mec oui, oui... et puis t'as le genre de mec non, non... alors on leur dit mais des fois on est obligé... non, le mec non... et là ce serait plutôt un mec non, le mec, mais normal je veux dire... pas un Juif... ah oui parce que y a des histoires... y a deux genres d'histoires, ah oui... y a les histoires, c'est plus rigolo quand c'est un Juif... si on n'est... pas Juif... ben oui, faut un minimum...

et puis y a les histoires, c'est plus rigolo quand c'est un Belge... oui... si on est... suisse... ou le contraire... un Suisse si on est belge... parce que les Belges et les Suisses c'est les deux seules races qui se rendent pas compte qu'en fait c'est pareil, mais ils se gourent... en fait j'exagère, c'est à cause de la distance qui les sépare, elle est pas énorme... mais oui... mettons qu'on rencontre un vrai con en Suisse... c'est un Belge... mais dans l'ensemble ça valait pas le coup de faire deux pays rien que pour ça, hein ils auraient pu se débrouiller... enfin un Suisse... moi je m'en moque... je veux pas m'engueuler avec les gens, moi, hein... non, y a quand même moins d'étrangers que de racistes en France... non, je veux dire si j'ai le choix je préfère m'engueuler avec les moins nombreux... enfin un Suisse... moi je m'en fous, hein, je suis ni Belge, ni Suisse, ni Juif... je suis normal... mais en tout cas, c'est pas un Noir... d'abord parce que y a aucune raison pour que ça soit toujours les mêmes qui dérouillent, et puis si c'est un Noir c'est facile, un Noir... mettons que y ait... bon... parce que un Noir c'est... on les appelle comme ça exprès nous d'ailleurs, oui, ben, ils le font pas méchamment la plupart... oui parce que nous on regarde les mains... tout ça, bon... moins dedans... mais, si... euh... ah oui... bon... et... tout petits déjà... et des fois, même leurs parents... ah oui, pas tous, mais la plupart... enfin, un Suisse, alors le mec... ah oui parce que non, il y a quand même une histoire... ah oui, non, c'est l'histoire d'un mec... bon d'accord, si on veut... mais c'est l'histoire d'un mec qui est sur le pont de l'Alma... et qui regarde dans l'eau le mec... pas con, le mec... ah oui, parce que c'est vrai, j'y suis allé moi, et c'est vrai... t'as des mecs, ils passent tous les jours sur le pont de l'Alma et y regardent pas dans l'eau, les mecs... t'as des mecs ils passent sur le pont de l'Alma... eh bien... y aurait pas d'eau dessous... ils passeraient quand même... et c'est con parce que nous on passe sur les ponts à cause qu'y a de l'eau dessous... sans ça, tu parles on irait pas faire un détour... alors les gens y disent : « Ah ben, on sait pas où passe notre pognon... y regardent pas... » Alors là le mec y regarde tout ça et puis ça l'intéresse tout ça, bon... au bout d'une demi-heure... parce que normalement ça dure une demi-heure, mais moi j'abrège... parce que on va pas passer une demi-heure avec... au bout d'une demi-heure y a un autre mec qui arrive et qu'est-ce qu'y voit le mec... y voit un mec qui est là et qui regarde dans l'eau, hé... alors le mec parce que le mec bon, et puis l'autre, parce que bon et puis... parce que maintenant y a deux mecs... ah non, prenez des notes parce que je vais pas répéter... alors le mec y s'approche et y dit : « Hé dites donc, qu'est-ce que vous faites à regarder, dans l'eau, hé » y dit le mec... au Suisse... Alors l'autre y lui dit : « Ho ben, j'suis emmerdé parce que j'ai laissé tomber mes lunettes dans la Loire »... parce que le pont de l'Alma c'est sur la Seine... Ah, ça, si on sait pas, on comprend « que dalle »... ouais ouais, à cet endroit-là, c'est la Seine... oui, alors parce que le mec y lui dit : « J'suis emmerdé parce que j'ai laissé tomber mes lunettes dans la Loire »... faut quand même pas prendre les Suisses que pour des cons... non y a des Belges dans le tas... alors l'autre y lui dit : « Ho... hé... c'est pas la Loire, c'est la Seine, hé »... Elle est rigolote hein... non mais elle est pas finite là... alors l'autre y lui dit... parce que l'autre y lui dit... « C'est pas la Loire, c'est la Seine »... j'viens de la dire... si vous suiviez un peu... alors l'autre y lui dit : « Ho, ben vous savez, moi, sans mes lunettes »...

Elle est rigolote, hein...

(1974)

J'y ai dit viens (derrière le bois)

Paroles de Coluche et musique de Xavier Thibault

J'lui ai dit viens derrière le bois
J'lui ai dit viens derrière le bois
Comme ça bêtement pour rien
J'lui ai dit viens

Vous allez m'dire pourquoi tu y as dit viens derrière le bois
Comme ça bêtement pour rien
J'lui ai dit viens

Elle m'a dit non j'peux pas
Y a mon lait qu'est sur l'feu
J'lui ai dit viens

Vous allez m'dire pourquoi tu lui as dit viens bêtement
Comme ça derrière le bois pour rien
Laisse tomber ton lait qu'est sur l'feu
J'lui ai dit viens

cabu

Elle m'a dit non j'peux pas
Y a mon lait qu'est sur l'feu
Y a mon frère qu'attend le lait qu'est sur l'feu
J'lui ai dit viens

Vous allez m'dire pourquoi tu y as dit viens
Comme ça bêtement derrière le bois pour rien
Laisse tomber ton lait qu'est sur le feu ton frère qu'attend
L'lait qu'est sur l'feu
J'lui ai dit viens

Elle m'a dit non j'peux pas y a mon lait qu'est sur l'feu
Y a mon frère qu'attend l'lait qu'est sur l'feu
Y a ma mère qu'est malade,
Y a mon père qu'est pas bien
J'lui ai dit viens

Vous allez m'dire pourquoi tu y as dit viens
Comme ça bêtement derrière le bois pour rien
Laisse tomber ton lait qu'est sur l'feu,
Ton frère qu'attend l'lait qu'est sur l'feu,
Ta mère qu'est malade,
Ton père qu'est pas bien
J'lui ai dit viens
Elle m'a jamais dit pourquoi elle voulait pas

Et c'est comme ça qu'j'ai jamais su pourquoi
A voulait pas v'nir comme ça bêtement derrière le bois

Pour rien en laissant tomber son frère qu'était sur
l'feu
Son lait qu'attendait sa mère qu'était malade et
Son père qu'allait déborder

Alors j'lui ai dit, quand est-ce qu'tu reviens ?

(1974)

La procession télévisée

Eh bien, nous vous parlons depuis la petite chapelle de Sainte-Lorette-en-Vexois, où doit avoir lieu la remise des communions apostoliques sous le haut commandement de Sa Sainteté Mgr Demont de Valmore...

Comme vous pouvez le constater le public s'est pressé nombreux, provoquant des bouchons de 7 kilomètres sur la nationale 4 qui relie la petite autoroute à la communauté paroissiale.

J'aimerais que les caméras de Gilbert Sigo nous montrent l'autel.

Merci, Gilbert.

L'autel richement décoré, tout le mérite en revenant d'ailleurs à Mgr Demont de Valmore. Il y a là le grand chœur apostolique au grand complet, dirigé par Mlle ex-veuve Léon Duclos, sociétaire de la Chorale nationale française, affiliée aux grandes orgues et chœurs de la cathédrale de Chartres. Près de l'autel, vous pouvez apercevoir les enfants de chœur en grande tenue de vêpres et au premier rang, euh... les... euh... personnalités les plus représentatives du canton.

Les regards convergent maintenant vers l'entrée d'où nous ne devrions pas tarder à voir apparaître les différentes processions que nous attendons.

Comme vous pouvez le constater sur vos écrans, la grande avenue du Général-Monceau est encore vide, alors que l'on s'agite là-bas, du côté de l'avenue Marigny où c'est, semble-t-il, la procession de l'abbé Rollin que j'aperçois, mais elle est encore très loin, alors que sur sa droite apparaît la procession de sœur Marie Berthier, toque verte, casaque à pois, avec en tête sa chorale qui entonne déjà *Joie chrétienne*, tandis que sur la gauche de votre écran arrive la procession du chanoine Angel ! Euh, d'où nous sommes, nous ne pouvons malheureusement pas apprécier les distances, mais il semble que ce soit la procession du chanoine Angel qui vient en tête.

Les deux concurrents sont au coude à coude ! Aucun ne semble en mesure d'emporter la décision alors que nous abordons le dernier virage mais sœur Marie Berthier vient du diable vauvert faire l'extérieur ! Alors qu'il semble que l'abbé Rollin se mette à la faute ! Première, sœur Marie Berthier.

Il y aura photo pour départager les autres concurrents. Nous vous donnerons les résultats dès qu'ils seront en notre possession.

À vous Cognacq-Jay, à vous les studios.

(1974)

Je me marre

Je me marre...

Tout le monde se plaint maintenant ; alors, vous ouvrez le journal pour apprendre que vingt Portugais, hommes, femmes et enfants, vivent dans la même pièce, un taudis dégoûtant, une photo. C'est horrible ! Je dis non !

Ces gens-là n'ont pas de raison de se plaindre, on n'est pas allés les chercher ! Et puis qu'est-ce que c'est que ces Portugais qui viennent retirer le pain de la bouche de nos Arabes ?

Je me marre...

Sans compter que sur vingt Portugais y en a quand même un qui pourrait faire le ménage.

Ah ! non mais, le personnel c'est une calamité. Alors, on vous dit : « Ah ! mais ce sont de braves gens qui sont venus chercher du travail en France. »

C'est pas vrai ! Feignants ! Ils sont venus chercher du chômage en France. Tellement que c'est pauvre dans leur pays, y a même pas de chômage !

Je me marre...

Parce que pour qu'il y ait du chômage quelque part, il faut déjà qu'il y ait du travail.

En France, il y a les deux, seulement quand il y a du travail, les travailleurs se plaignent de travailler.

« Oui, on travaille trop, on n'est pas assez payés, on nous fout à la porte quand on est du syndicat. »

Seulement, quand il y a du chômage, les chômeurs se plaignent de chômer. Voilà. Et on peut même pas concilier les deux en remplaçant les uns par les autres, c'est les mêmes ! Je me marre...

Alors on vous dit : « On a qu'à les foutre à la porte. »

Mais on pourrait renvoyer chez eux : les Portugais, les Africains, les Nord-Africains, les Juifs. Non, pas les Juifs ! Mais déjà rien que ceux-là ! D'autant que la majorité d'entre eux serait bien mieux chez eux ! La preuve on y va en vacances.

Je me marre...

Alors, on vous dit : « La Grèce... »

La Grèce, c'est le soleil, les vieilles ruelles avec le linge qui pend aux fenêtres et la milice qui passe quatre par quatre, armée jusqu'aux dents, prête à bondir. La Grèce, c'est les enfants, les mômes s'amusent avec un rien, ils ramassent un rat mort dans le caniveau et ils jouent à Davy Crockett, ou alors une vieille boîte de conserve aux bords tout coupants. Ils s'envoient ça dans la gueule ! Ils se fendent la gueule, les mômes ! Tandis que passe la milice, quatre par quatre, armée jusqu'aux dents, prête à bondir.

Vous prenez l'Espagne, c'est pareil l'Espagne !

Je me marre...

L'Espagne, c'est le soleil, c'est les vieilles ruelles avec le linge qui pend aux fenêtres, et la garde civile qui passe quatre par quatre, armée jusqu'aux dents, prête à bondir.

L'Espagne, c'est le folklore espagnol ! Moi, j'aime pas, mais c'est chacun son goût. De toute façon, on leur jouerait du biniou, ils comprendraient pas alors ! Et pourtant il est espagnol.

Alors, ils sont là des heures ! Je les ai vus sur la plage : des heures et des heures, ils jouent. Feignants !

Je me marre...

Alors, on vous dit : « Oui, mais il y a la misère... »

Bien sûr il y a la misère, mais la misère c'est beau ! Surtout quand c'est bien fait. Pour eux !

Je me marre...

On vous dit : « Le Chili... »

Mais y z'ont tout ! On se demande de quoi ils se plaignent au Chili ! Le Chili y z'ont tout : y z'ont le soleil, le linge aux fenêtres, y z'ont les maladies qu'ils veulent, y z'ont les rats pleins les caniveaux, y z'ont les brigades de la mort eux ! Qui passent six par six, armées jusqu'aux dents, prêtes à bondir ! Alors c'est partout pareil.

Bon y a quoi ?

Il y a que la police qui change. Et alors ?

(1974)

La manifestation

Je suis au carrefour du boulevard Arago et de l'avenue des Gobelins où depuis 4 heures du matin la bataille fait rage. Mais, euh, voici un jeune homme qui a un pavé à la main. J'enjambe la barricade et je m'approche de lui. Peut-être, lui, saura-t-il me fournir des éléments.

— Quel est le sens, le but de cette manifestation ?

— Bon, euh, c'est parce que, euh, avec plusieurs camarades, euh... on s'est dit, euh... on va marcher euh, jusqu'à République, comme ça on f'ra voir nos revendications tout ça, euh. En fait, on sort du centre d'apprentissage et on s'aperçoit qu'on a été tout ce temps-là pour rien, parce que, euh, y a pas d'emplois quoi, comme on dit, euh, à la radio, on n'est pas...

— En gros, vous êtes, euh, vous n'êtes pas le parti communiste, mais je sais que le parti communiste était contre cette manifestation.

— Ah oui, les communistes y sont contre, euh... Ils s'en foutent, ils ont du boulot, eux.

— Qui êtes-vous ? Que voulez-vous ?

— Ah, mais on gueule nous, on gueule ! Et, euh, après on verra. Si on est assez on f'ra, on f'ra un parti, mais là, pour l'instant, il y a plus de travail pour les ouvriers finalement que pour nous, parce que dans notre branche c'est très particulier.

— Mais enfin, quelle profession représentez-vous alors ?

— Ben, on est les jeunes directeurs de banque et on trouve pas de boulot parce que, euh, il se crée pas d'emplois parce que, euh, y a pas de banques nouvelles qui se forment, qui s'ouvrent et c'est les communistes quoi en fait...

— Donc, pour vous, la guerre est ouverte ?

— Ben la guerre, elle est un peu t'ouverte, oui. Un p'tit peu, oui ! Parce qu'on s'marre pas nous hein ! Et alors ? Bien sûr on a du pognon ! Les gens y disent : « Ah bon, ils ont du pognon. » Et alors ? On a du pognon et alors ? On va pas faire les barricades avec nos bagnoles, non ? Elles sont toutes neuves, et alors ? Pour quoi ils nous prennent les gens ? Sans blague !

— Alors, ce que vous demandez, c'est de l'emploi ?

— Ils ont qu'à créer de l'emploi. On veut des banques nouvelles ! Ouvrez des banques, voilà ! C'est pas compliqué, vous avez qu'à ouvrir des banques, voilà !

(1974)

Histoires à bide

C'est l'histoire d'un mec, à qui on a raconté une histoire et qui l'a pas comprite, et l'histoire qu'on y a racontée au mec, c'est l'histoire d'un mec qu'en rencontre un autre dans la rue et qui dit à l'autre :

— Tiens, dis donc, j'ai vu le couvreur, y m'a parlé de toi.

— De moi ? y dit l'autre.

— Non, de toit.

Et le mec à qui on a raconté l'histoire, il a trouvé le moyen de pas la connaître et, ce qui est plus grave, de pas la comprendre. Il arrive au boulot, il rencontre son chef de service et y lui dit :

— Tiens, bonjour, monsieur Goniot, je suis content de vous rencontrer, parce qu'on m'a raconté une histoire qui est rigolote et j'me suis dit, tiens, je vais la raconter à M. Goniot, parce que c'est pas pour dire mais au boulot on s'emmerde un peu.

Alors, le mec y lui dit : « Eh bien, allez-y, racontez-la. » Et l'autre y fait : « Eh bien, figurez-vous, j'ai vu le couvreur. Y m'a parlé de vous... »

C'est l'histoire d'un mec, non un autre mec, j'en connais plusieurs, à qui on a raconté une histoire et qui l'a très bien comprite, lui, mais qu'au moment de la raconter il était bien emmerdé avec.

Et l'histoire qu'on y a racontée au mec, c'est l'histoire d'un éléphant qu'est dans la jungue. Un éléphant normal, blanc y s'approche de la rivière pour boire parce que là-bas y a pas de bistrots. Y vont à la rivière, y met un pied dans l'eau, y met deux pieds dans l'eau, y met sa trompe dans l'eau, et, à ce moment-là, un crocodile qu'arrive et qui lui mange la trompe. Et l'éléphant y s'relève et y dit. « Et fous trouffez cha trôle ! »

Et le mec à qui on a raconté l'histoire, un jour y se trouve invité à dîner chez des amis, et vous savez comment c'est, souvent les mecs y s'invitent à dîner et y n'ont pas grand-chose à se dire.

— Alors et toi ça va, oui ben ça va, et toi ça va ?

— Oui, moi, ça va et toi ?

— Ben, ça va et toi ?

— Oui ça va, et toi ça va ?

— Oui, ça va et toi ?

— Ben, ça va et toi ?

— Ça va, et à part ça ?

— Ben, ça va...

Oui, ben deux heures ça fait long.

Et, au bout de deux heures, y a un mec qui fait à l'autre : « Hé, dis donc, toi qu'es un rigolo, t'as qu'à nous raconter une histoire, toi qu'es rigolo. »

Bon... Et le mec y se lève et y fait : « Ben, voilà, c'est l'histoire d'un éléphant qu'est dans la jungue qui va au bord de la rivière pour boire, y met un pied dans l'eau, y met deux pieds dans l'eau, y met... »

Et, à ce moment-là, y a la maîtresse de maison qui revient de la cuisine avec un clafoutis, et la maîtresse de maison a un bec de lièvre en plus du clafoutis, elle a un bec de lièvre qui part d'ici et qui finit comme ça...

Elle arrive et elle dit : « Qui ch'est qui feut du chlafoutis ? »

Alors le mec il est bien emmerdé avec son histoire.

« Alors l'éléphant y met trois pieds dans l'eau, tout ça, ceci, cela et puis à ce moment-là, y a un crocodile qui arrive, tout petit, et y lui mord la queue, tiens. » Et la maîtresse de maison, elle fait : « Et fous trouffez cha trôle ? »

(1974)

Le match France-Angleterre

Bonjour, euh... chers auditeurs. Nous prenons l'antenne au moment où le match commence déjà.

Comme vous pouvez le constater, il règne ici une ambiance, euh, très forte. La balle passe, euh non, c'est un Français qui l'a reprise.

C'est France-Angleterre que nous diffusons actuellement, mais nous ne savons pas où en est la marque parce que nous sommes très loin du panneau d'affichage et le brouillard ne nous permet pas de le voir. J'ai envoyé quelqu'un qui va nous le dire bientôt...

Mais les Anglais sont partis avec la balle et, non... c'est, euh... une très belle action qui est une très belle action. Eh bien, l'arbitre siffle une faute en faveur des Français, euh... non ce sont les Anglais, non... c'est une touche. Eh bien, la balle est en touche... à moins que, non... c'est la fin du match.

Eh bien, l'arbitre siffle la fin du match et, euh... nous vous donnerons les résultats dès qu'ils seront en notre possession et, euh... les gens sont partis.

(1974)

Le CRS arabe

— Monsieur, que pensez-vous du racisme ?

— Oh ben, moi, vous savez, je m'en fous hein, du moment qu'on vient pas m'emmerder chez moi !

— Monsieur, s'il vous plaît. Si votre sœur parlait d'épouser un Portugais, que diriez-vous ?

— Ah ben, ma sœur, elle fait ce qu'elle veut, ma sœur. Je m'en fous, de toute façon j'y cause plus depuis qu'elle sort avec un Noir.

— Monsieur, que pensez-vous du racisme ?

— Écoutez ! Laissez-moi touanquille, je ne peux fai'e aucune déclaouation à l'heu'e actuelle. *(Accent noir.)*

Ben dis donc ! Tu vas pas nous emmerder mon p'tit pote, hein ! Parce que moi, je viens ici tous les soirs avec les copains dans le bistrot ! Tu vas pas nous emmerder, non ! Sans blaague ! Meerde !

Alors, monsieur, parce qu'on est là qu'on rigole y croit qu'on s'fout d'sa gueule ! Alors y prend mon verre, y m'le fout dans la gueule ! Sans blaague ! Meerde !

Ouais ! Ben justement ! T'as intérêt à écouter c'que les mecs y disent si après tu dis que c'est moi qui dis c'que les mecs y disent ! Sans blaague ! Meerde !

Alors, parce que monsieur on est là qu'on rigole, y croit qu'on s'fout d'sa gueule, y prend mon verre, y m'le fout dans la gueule ! Un costard tout neuf ! Merde !

Ouais ! Ben t'as d'la veine que j'suis pas nerveux, mon p'tit pote ! Parce que j'ai des copains tu aurais craché la moitié d'ça à la gueule, y t'auraient déjà sauté à la gueule ! Hein ? Sans blaague ! Meerde !

Ouais, ben justement ! Tu les déboucheras tes oreilles ! Passe que c'est pas moi qu'ai dit, euh : « Tiens, voilà encore un Arabe ! »

C'est pas parce que t'es CRS hein ! J'en ai rien à foutre que tu sois CRS ! En uniforme dans les bistrots, bravo ! C'est nous qui paye ! Sans blaague ! Meerde !

Ouais, ben t'as d'la veine que j'suis pas nerveux ! Hein, parce que je suis pas nerveux, t'as de la veine !

Hein ? Oui, mais t'énerve pas, j't'explique ! Non ! Je dis que t'as de la veine que je suis pas nerveux.

Oui ! Moi aussi, j'ai de la veine, mais c'est pas là la question. Je suis content de ne pas être nerveux, si tu veux ! Mais je... On a tort en général de s'énerver. J'te dis parce qu'on...

Ouais ! Non, mais t'écoutes pas ce que je te dis là. Le costard ? Je m'en fous, c'est un vieux, tu vois. J'le mets pour travailler, et là, je travaille pas.

Non, je dis on a tort de s'énerver si tu veux, parce

qu'on arrive à dire dans la conversation des choses qu'après qu'on regrette je veux dire, je regrette, si tu veux.

Je me dégonfle ? Oui, je me dégonfle ! Si tu veux, je me dégonfle... Mais je dis pas ça parce que mes copains sont partis et que les tiens sont restés.

Hein ? Que j'ai dit moi : les Arabes ? Euh... Ça m'étonne ! Parce que si y a bien un mec qui fait pas de différence, c'est bien moi ! Alors, moi je vais te dire, je suis pas raciste pour ça. Je vais te dire pour moi, les Blancs, les Français, les Noirs, les Arabes, les Juifs... Non. T'as raison pas les Juifs !

J'ai pas dit les Juifs et les Arabes dans le même panier mais à part les Juifs, tous les autres sont égaux, ouais.

Hein ? Les Arabes, plus ! Ouais, les Arabes sont plus égaux que les autres ! Ouais, ouais, ouais.

Hein ? Les Français sont des cons ? Ben j'suis bien placé, hein, j'suis français !

Hein ? Je suis mal placé ? Ouais ! Mais je suis mieux placé que toi je veux dire. Non ? Je suis moins bien placé... Que j'ai dit moi la police, euh... ça m'étonne. Parce que j'adore la police, les gendarmes, tout ça. Avec peut-être une légère préférence pour les CRS mais...

Mais non ! Non ! Mais t'as raison ! Mais t'as bien fait pour le verre ! Moi j'aurais été à ta place à toi, j'me serais foutu le verre dans la gueule ! Ah non, mais je le mérite !

Hein ? J'en mérite un autre ! Ah, ouais, ouais, ouais ! Garçon, la même chose !

Ah ouais ! Non... mais si y a un mec ici qui

t'emmerde, tu y fais fermer sa gueule ! Ah mais t'as raison !

Hein ? T'as pas à te laisser emmerder dans les bistrots, exactement ! Tu me le dis, moi j'y fais fermer sa gueule !

Hein ? Que je ferme ma gueule ? Ouais, ouais. Ah oui. Même moi ! Ouais, ouais, ouais ! On rigole, on rigole. Hein ? On rigole pas ? Ah bon, mais si je t'emmerde, je ferme ma gueule ! Ouais, ouais !

Hein ? Je ferme ma gueule, ouais ! Ben... c'est ce que je te dis... Complètement ! Ah bon...

Hein ? Non, je dis : ça ferme pas le bistrot, alors je vais rester un peu. Hein ?

Hein, non. Je dis : tu prends quelque chose ?

(1974)

Gugusse

— Ah ben dis donc, Gugusse, qu'est-ce qu'il y a ? T'en fais une tête ! T'es malade ? Non, t'es pas malade, t'es fâché alors ? T'es fâché avec ta petite amie ?... T'as pas de petite amie, mais t'es fâché quand même ! Bon. Eh bien un gars comme toi ça doit avoir l'embarras du choix ! Pas du choix, t'as que l'embarras. Bon, alors qu'est-ce qu'il y a ?

— Oh ben, je suis moche !

— Ouarff, mais non t'es pas moche ! Bon d'accord, t'as pas les traits très très réguliers, mais enfin t'es pas moche moche moche ! Si, mais enfin, y a pas de quoi se flinguer ! Enfin, tu fais ce que tu veux. Et puis t'as de beaux yeux hein... dividuellement l'un de l'autre ! Si, t'as de beaux yeux, et puis, mon vieux, t'en connais beaucoup, toi, des mecs qui ont les yeux rouges ? Hein ? Ça court pas les champs. Ouais ! Quoi ? Les rues non plus, ouais, même les rues !

— Oui, mais j'ai aussi un bras plus court que l'autre...

— Oui euh, alors là tu chipotes ! Parce que c'est pas le bras que t'as plus court, c'est les doigts ! Le bras aussi ? Oui, mais combien ? 6 centimètres maxi-

VOUS AVEZ L'AIR D'AIMER ÇA?
NON J'AI L'AIR DE MAUVAISE HUMEUR
AIR PAS FAROUCHE
AIR DE PARIS
AIR DE RIEN
AIR LOUCHE
AIR INNO-CENT
AIR PUR
DRÔLE D'AIR
AIR PAS CATHOLIQUE
AIR COMME IL FAUT
AIR DE FAMILLE
WOLINSKI

mum... 22 ! Mais même 22, je vais te dire, tu te fais faire une poche ici et une poche là, tu mets tes mains dans les poches et puis personne ne le sait ! Et puis au moins t'es sûr qu'on te piquera pas ton costard !

— Oui, mais j'ai aussi un grand menton, que tout le monde y me dit : « Attention, vous allez marcher dessus. »

— Eh ben, attention, tu marches dessus ! Non ! Non, je disais ça pour rire ! Enfin, fais gaffe quand même... Écoute, je vais te dire, le grand menton c'est rien du tout ! Parce que tu te laisses pousser la barbe et puis tu la coupes court et personne ne sait ce que ça cache. Hein ? Comment, c'est de l'entretien ? Eh ben t'as qu'à mettre une cagoule, ou un passe-montagne, t'auras chaud l'hiver ! Pour draguer c'est pas terrible ? Alors écoute, je me décarcasse à trouver une combine pour que les gosses arrêtent de te jeter des pierres et maintenant monsieur veut draguer ! Comment, elles se sauvent quand tu souris ? Mais t'as vu la gueule que ça te fait quand tu souris ? Ah mais, souris jamais à un flic, parce que là, il y a outrage ! Et puis je vais te dire, la beauté, c'est pas tout dans la vie, tu vois. Parce que les filles faut les amuser ! Faut les distraire, tu vois les filles. C'est pas parce que t'es beau, non... euh, c'est pas ce que je veux dire, mais t'es largement assez beau par rapport à ce que t'es intelligent ! Hein ? Ah ! t'as même de la marge ! Ah oui ! Et puis tu sais, il faut savoir prendre sur soi ! Il faut savoir faire un pas en avant, quand on est au bord du gouffre par exemple ! Il faut savoir se jeter à l'eau. Tu sais pas nager ? Et puis tu pourrais pas, tu tournerais en rond ! Non, moi je serais toi, j'essayerais le gaz. T'as même pas la facture à payer. Enfin, t'es un homme maintenant, hein ! Tiens, lève-toi pour voir ? Ah ! T'es debout ? Eh bien reste assis. Mais fais pas cette tête-là, on croirait que t'es malade !

(1974)

J'suis l'andouille qui fait l'imbécile

Paroles de Coluche et musique de Xavier Thibault

Avec mon air qu'on reconnaît partout
Mes salopettes râpées aux g'noux
Et mes lunettes sur mon gros nez
C'est pourtant vrai que j'ai l'air con
Quand je tombe par hasard devant une glace
Il m'arrive de me faire marrer

J'ai été lancé comme un paquet d'lessive
On dit qu'j'm'écrase comme un paquet d'mouise
Pourtant s'il avance il se maintient
J'tiendrai jusqu'à l'été prochain
J'suis le plus obscène de la radio
C'est juste ça qu'est rigolo

J'suis l'andouille qui fait l'imbécile
La coqu'luche des durs du boulot
J'aime mieux faire marrer l'prolo
Que d'faire penser dans les familles
Que d'faire penser dans les familles

J'suis l'andouille qui fait l'imbécile
Mon nom sonne comme une maladie
Mais grâce à ça je traîne au lit
L'air con m'a fait la vie facile
L'air con m'a fait la vie facile

J'ai pas d'messages, ni d'méchanceté
Pourtant j'ai le grand avantage
D'être détesté par la moitié
Des Belges, des Suisses et des Français
Mais je me fous bien de leurs voix qui grondent
Je ne veux pas plaire à tout le monde

J'suis l'andouille qu'a l'air imbécile
J'ai tendance à penser tout haut
Ça fait bouillir sous les chapeaux
Avoir l'air con peut être utile
L'être vraiment
S'rait plus facile.

(1975)

Le flic

Hep ! Vous là-bas ! Le gros qu'y s'barre avec le pull bleu. Non, l'autre ! Bon, tant pis.

Oui ! Je sais, j'ai l'air un peu con ! Mais l'uniforme y est pour beaucoup hein ! Non, parce que ma femme me dit toujours : « T'as signé sans réfléchir... »

Et alors ? J'ai demandé aux autres, y z'ont fait pareil, hein ! Si on avait réfléchi, on n'aurait pas signé ! Faut pas nous prendre pour des cons quand même ! Remarquez, euh... on rentre pas comme ça dans la police hein ! Y a des examens et tout. On passe devant des pschy... hein ! Moi, je suis passé devant un, y m'a dit : « Combien j'ai de doigts ? »

Alors les examens ! J'ai dit : « J'sais pas. Quinze ? »

M'a dit : « C'est bon. Signez là ! Quinze ans. »

J'ai eu du bol parce que j'ai dit ça au hasard. J'aurais pu avoir tout faux hein !

Et c'est bien l'uniforme, c'est pour draguer les gonzesses !

« Hep là-bas ! La blonde avec le gosse. Aux pieds ! Oui ? Vous avez vos papiers ? J'suis de la police. Voyons voir, Ginette... Ah, ah, ah, ah ! Joli nom

Ginette. C'est votre petit frère ? Hein ? Votre fils ! Bon, circulez ! »

Non, là, c'est un mauvais exemple, mais d'habitude ça marche !

La police c'est trop t'ingrat comme métier. C'est vrai ! C'est t'ingrat la police, parce que par exemple... parce que j'vois, parce que les gens y nous aiment pas ! C'est con ! Parce que nous on est là pour les protéger hein ? Vous avez remarqué les gens ? Plus y a de flics autour d'eux, plus y z'ont peur ! C'est flagrant, c'est dans les manifs. Les gens y z'ont peur parce qu'on est là ! Bon, on est obligés de taper hein ! On le fait pas pour le plaisir, hein ?... On est obligés hein ?... En plus on est obligés d'faire gaffe !

Parce que y a les fils des gradés, y z'ont les cheveux longs, on les reconnaît pas, hein ! Et pis y a les appariteurs. C'est les mecs payés par la police. En civil, y cassent les carreaux et après on dit qu'c'est les étudiants, tout ça. Alors on est obligés d'faire vach'ment gaffe ! Eh ben, dis, tu vois pas qu'on tap'rait sur la gueule à un flic, eh ? Oh, la vache ! Oh, la crise eh !... Eh, une fois c'est arrivé ! On a tapé sur un flic ! Ah, la crise eh ! Ils ont dit que c'était une bavure ! T'aurais vu la gueule de la bavure ! Moi, ça m'a fait passer l'envie de baver ! Impeccable.

Non, mais on est une bande de jeunes, on s'fend la gueule. J'vois parce que par exemple y a les gens y disent : « La police c'est un refuge pour les alcooliques qu'on n'a pas voulu à la SNCF et aux PTT. »

Eh ben, j'vais vous dire, franchement c'est exagéré !

Moi je vois hein, je suis pas dans un gros commissariat, mais je vois rien qu'au commissariat, que j'suis y en a au moins, que je dise pas de bêtises, y en a au moins quatre qui boivent pas ! Oh bah, c'est comme dans tous les troupeaux hein ! Y a des brebis galeuses !

Nous, on a Robert. C'est un grand, il est marrant ! L'autre jour, il arrive, il gueulait : « J'en ai eu un ! J'en ai eu un ! »

Il avait arrêté un mec pour état d'ivresse, qui était plus bourré que lui ! Vach'ment rare hein ! Faut dire que le mec, il en t'nait une belle ! Il l'avait amené, il était sympa, Raymond y s'app'lait, heu... Cheveux courts, moustache, charcutier, sympa. On y a payé l'coup et tout ! Alors, Robert y disait : « Mais faut pas... reste ! »

Alors, l'autre y disait : « Ben, justement heu, j'me dépêche de rentrer passe que vu dans l'état que j'suis... j'risquerais d'avoir un accident ! »

Après y z'ont fait un concours de ballons. Dis, t'aurais vu la gueule des ballons ! T'avais des couleurs qu'étaient même pas marquées dans le manuel ! C'est Robert qu'a gagné ! Ah non, mais il est balèze aux ballons hein ! Il s'entraîne. On s'fend la gueule ! L'autre jour y a un beatnik qui vient pour changer sa carte d'identité. Alors Robert y lui dit... parce que Robert y déconne tout le temps. Alors Robert y dit, euh... : « Tu m'donneras l'adresse de ton coiffeur ! »

On lui a cassé la gueule. On s'est marrés ! Ah non, mais on fait gaffe hein ! On tape avec le plat de la main. Comme ça dans les côtes. Alors ça fait ach'ment mal mais euh, ça fait pas de traces. Ah non ! Parce que on n'a pas droit aux traces. Parce que les mecs quand y z'ont des traces, y paraît qu'y peuvent porter plainte ! Remarquez, heu, y faudrait qu'y viennent au commissariat pour porter plainte. J'les plains les mecs ! Non ! Dans l'ensemble y viennent pas, on n'a pas à se plaindre.

Alors après, heu... on l'avait attaché à la grille. Alors Robert a été chercher sa tondeuse, parce que Robert il a une tondeuse, mais ça c'est à lui hein, c'est pas fourni. Alors, l'autre, il avait les miques, mais on lui a pas coupés ! Parce qu'une fois, y en a un, il avait coupé les cheveux à un beatnik, eh ben, il a eu un avertissement ! Ah non ! Mais on rigole pas avec ces trucs-là hein ! Parce qu'au bout de trente avertissements, on peut avoir un blâme ! Et au bout de trente blâmes, on passe devant un conseil de discipline et on peut être dégradé ! Robert y s'en fout, lui, il est pas gradé ! Hé ! C'est un métier où qu'on en voit quand même des drôles !

Tiens ! L'autre jour j'étais de faction à une intersection affectée à la surveillance des usagers. En clair, je bullais à un carrefour. Il arrive un mec qui tournait autour de moi avec un papelard. On aurait dit qu'y cherchait une rue ou quèque chose. Il osait pas s'adresser à moi, on aurait dit qu'il avait peur ! Voyez le genre ? Un type louche, un peu basané, voyez... Parce qu'on nous apprend à r'connaître les mecs louches, attention ! C'lui-là si vous voulez il était pas franchement louche mais était franchement basané !

Alors j'dis rien. Y s'approche, y tourne, et pis, j'sentais qu'il osait pas ! Voyez, y v'nait... mais y v'nait tout doucement voyez. C'était le genre de mec patibulaire tu vois, mais presque ! Finalement y s'amène et pis y m'dit, euh... : « Pardon, missieu l'agent, s'y you pli, axecousi-moi s'y you plit. A c'que s'y you plit vous pouvi m'indiquer çui-là qui li, heu... li coumissariat d'poulice al'plis proche, s'y you plit, axecousi-moi, passe qui j'y perdi mou papier d'identiti. J'voudri faire une diclaration, s'y you plit, axecousi-moi. »

J'me suis dit : « Toi mon p'tit gars, t'as pas la conscience tranquille ! »

J'y ai dit : « Ouais ! Vous avez vos papiers ? »

Il les avait pas ! J'te l'ai emmené au commissariat !

(1975)

L'auto-stoppeur

Salauds ! Enfoirés ! Y en a pas un qui s'arrêterait ! Tiens ? Qu'est-ce que c'est qu'ça ? Ça existe ça comme bagnole ? C'est un truc qu'il a fait lui-même !

Pardon ? Non, non, j'attends quelqu'un.

Quoi, le sac ? Non non, il est pas à moi !

Où je vais ? Vous allez à Paris ? Non, à Lyon ? Bon ça nous rapprochera toujours un peu, allez !

Ça vaut combien ? C'est quoi comme bagnole, c'est français ? Ah ben, oui. Ça a l'air costaud. Et puis ça doit pas être cher. Ah, quand même ! Ben y s'emmerdent pas ! Remarquez, si y trouvent des couillons pour payer... Non j'dis pas ça pour vous, y'en a qui en ont besoin. Moi je risque pas d'passer pour un con avec ma bagnole, j'en ai pas ! Comme ça j'paye pas d'essence, pas d'assurance, pas d'vignette, et pourtant j'en ai fait des kilomètres !

Je dis : On l'entend bien le moteur. C'est un diesel ? Non ? Ah, au moins, on est sûrs qu'on est pas en panne !

Dites, ça vous dérange pas que je fume ? Qu'est-ce que vous avez comme cigarettes ? Des blondes ? Oh

CRS
cabu

ben faut pas être difficile ! Dites, j'regarde, y a pas d'allume-cigares ! Ils le font en option ? Vous auriez pu le prendre, c'est pratique quand même ! Ben non ! J'ai pas de feu, vous savez c'que c'est on s'charge le moins possible pour pas déranger. *(Il tousse.)*

Ils le vendent ça ? Ils ont le droit ? J'croyais qu'ils l'offraient avec la bagnole.

Dites donc à cette vitesse-là on est pas arrivés ! Comme ça si on a un accident, on l'aura moins vite. Faudrait pas qu'on ait un accident d'ailleurs, il en resterait pas beaucoup de votre mixeur ! Remarquez, on s'en fout, on est pas pressés, on couchera à Lyon.

On essayera de trouver un hôtel pas cher qui soit sur la route de Paris. À moins qu'on trouve un mec sympa qui nous invite à dormir chez lui, mais faut tomber dessus !

Non, j'dis pas qu'vous êtes pas sympa ! J'dis qu'chez vous ça va pas être possible ? Vous êtes sûr ? Parce que si ça vous dérange, moi, ça me gêne ! Bon d'accord. Remarquez, c'est pas de refus surtout qu'on n'a pas bouffé à midi... Moi ça va, mais c'est le chien ! C'est que ça bouffe un doberman ! Enfin, vous verrez bien ce soir.

Oui, parce que vous allez rire, à midi on avait pris un mec avec une bagnole encore plus pourrie que la vôtre ! C'est pas pour dire, comme les poubelles, mais moins pratique, y a pas les poignées. Alors on s'est pas arrêtés.

C'est sympa le stop quand même hein ! On rencontre des gens, ils vous transportent dans leur bagnole, ils vous offrent des cigarettes, ils vous payent à bouffer... ils vous invitent à dormir ! Y en a même qui vous filent du pognon ! Si ! Pour qu'on se barre ! Mais on donne ce qu'on veut hein ! Ah oui, c'est sympa !

Dites je pense, vous habitez pas sur la route de Paris si ça s'trouve ? Ben pour demain matin, ça va vous faire lever de bonne heure ! Ben oui, pour nous accompagner sur la route de Paris !

Ah ben, il est sympa lui alors ! On monte dans sa bagnole, elle est pas terrible, il nous invite à bouffer, on sait pas si on va pas se blesser en ouvrant des boîtes, il nous invite à dormir, on sait pas sur qui on tombe... si en plus on est obligés de s'taper trente bornes à pied pour sortir de la ville !

Surtout que demain matin à 5 heures y aura personne dans les rues. Le temps de faire trente bornes et de revenir, à 7 heures vous êtes couché. Ah ! c'est l'heure à laquelle vous vous levez ? Eh ben, comme ça, vous aurez pas besoin de vous lever !

Dites, je pense à un truc, vous allez pas à Paris avec votre mixeur ? Non ? Dommage, on aurait pu vous emmener !

(1975)

Je suis un voyou

Paroles de Coluche et musique de Xavier Thibault

Je marche dans la nuit noire
Je suis un voyou
Ma dégaine sur les boul'vards
J'fous l'malaise partout

Le bruit de mes chaînes
Effraie le bourgeois
Le reflet de mes lunettes noires
Leur fait froid dans le cou

Mais là sous un tas de pierres
J'ai un cœur qui bat
D'où s'élève une prière
Souris-moi mon gars

J'ai de l'amour plein mon cœur
Pour ma mère et mes frères
Et si tu touches à ma sœur
Je t'envoie au cimetière

Je marche dans la nuit noire
Je suis un voyou
Ma dégaine sur les boul'vards
Jette un froid partout

Quand j'assomme une grand-mère
Au coin d'une rue
J'regarde si c'est pas la mienne
Si j'l'ai pas déjà vue

Je marche dans la nuit noire
Je suis voyou
Je suis un voyou...

(1975)

Le blouson noir

Ouaah ! On fait pas de mal, merde !

Je vois, samedi on est sortis avec Bob, on a foutu la merde. On s'est fendu la gueule ! On a été dans une boîte, le barman on aurait dit une fille. Y voulait pas nous servir ! Bobby, il a balancé un tabouret dans les bouteilles.

La crise ! C'est con ! Vous auriez dû v'nir !

Y z'ont appelé les flics, on a juste eu le temps de s'tirer. Après, on a rencontré une gonzesse vachement micheton. Complètement bourrée, avec des yeux de chat. Maquillée ! Vulgaire ! On l'a coincée dans les poubelles et on l'a tirée à quatre.

La crise ! C'est con ! Vous auriez dû v'nir !

Bobby y l'était tellement bourré, y pouvait pas. Après la gonzesse elle s'est mise à gueuler parce qu'on fouillait dans son sac ! On s'est tirés en courant. Bobby, il était en train de pisser, y nous suivait en pissant dans la rue.

La crise ! C'est con ! Vous auriez dû v'nir !

Tellement on était bourrés, j'sais même plus ce que j'ai foutu d'ma mobylette ! Nous, on déconne comme ça mais on n'est pas méchants, on est une bande de jeunes. Remarquez, y en a qui vous cherchent. Parce que Bob, tu vois, il est sympa s'tu veux, mais quand il t'attaque pas, y cherche qu'à s'défendre. Parce qu'il a fait de la boxe et tout, Bob. Bon ! Il a jamais gagné, mais une fois, il a fait deuxième !

Tiens ! L'autre jour devant le tabac, y discutait avec Ginette. Bon... dans un sens ils bouchaient l'entrée. Mais alors, un type arrive, genre seizième, fils à sa mère. Y s'approche et lui fait : « Pardon, mademoiselle, pourriez-vous avoir l'amabilité de vous pousser légèrement afin que je puisse me glisser au bureau de tabac sans vous déranger ? »

Bobby y lui fait : « Dis donc, dis tout de suite que ma femme est grosse. »

Y lui a envoyé une patate, y lui a refait toute la devanture ! Moi, j'étais là, j'y ai juste donné un coup de pompe ou deux, histoire de pas laisser Bob tout seul ! Non ! Mais Bobby c'est pas un con, parce que Bobby, tu vois, faut le connaître.

Moi j'suis allé chez lui, eh ben, j'étais scié, tu vois !

Il a construit une tour Eiffel de 1,50 mètre, rien qu'en allumettes, grande comme ça ! J'étais écœuré, tu vois ! Remarque, il est vachement intelligent. Il a réfléchi sur sa condition tout ça. Y lit des bouquins, moi, je comprends même pas le titre, t'as qu'à voir !

Bobby y dit toujours : « Si la société nous rejette, c'est qu'elle veut oublier que c'est elle qui nous a créés. »

Y dit aussi : « Le blouson noir a une fonction devant les hommes et même devant Dieu ! »

Alors t'as qu'à voir ! Y si connaît sur Dieu... pendant un moment y parlait des prêtres ouvriers. Prêtre blouson noir qu'y voulait être ! Il nous en parle souvent de Dieu. Y paraît qu'il a existé. C'est un mec Dieu ; quand il est arrivé sur Terre y avait rien, tu vois ! Rien ! pas une boîte, pas un troquet, pas une mobylette... Rien ! Alors il a créé l'homme à son image et la gonzesse à l'idée qu'il s'en faisait, ça peut paraître dégueulasse, mais ça partait d'un bon sentiment.

Dieu... Tiens par exemple, c'est lui qu'a dit que tous les hommes sont égaux. Il a dit aussi : « Il y aura des hommes blancs, des hommes noirs, des hommes jaunes, des hommes grands, des hommes petits, des hommes beaux, des hommes moches et tous seront égaux, mais ça sera pas facile ! »

Et puis il a dit : « Y en aura même qui seront noirs, petits et moches, et pour eux ça sera très dur ! »

Il avait prévenu, il a pas pris en traître. D'ailleurs, c'est dur d'être égaux ! Mais c'est pas lui qu'a dit : « Y en a qui bosseront huit heures par jour et d'autres qui se baisseront pour les ramasser, puisque ceux qui bossent sont assez bêtes pour se laisser faire ! »

C'est pas lui, c'est un gros mec barbu qu'est arrivé plus tard et qui voulait bouffer dans sa gamelle.

Un nommé Kalemarsque... Oui, c'est ça ! Bobby y l'aime pas ! S'il le trouve y va lui faire sa fête. Enfin moi je vous dis ça, mais c'est l'Évangile selon Bobby.

Enfin, si vous le connaissez, dites z'y qui change de trottoir ! Et il a dit : « Regarde ta feuille de paye et inscris-toi au syndicat. »

Et il a dit aussi : « Regarde le syndicat et inscris-toi au parti. »

Puis il a ajouté : « Regarde bien le parti et arme-toi jusqu'aux dents. »

Dieu il a dit plein de trucs, y a qu'à lire ! On déconne sur Dieu tu vois, mais Lui il s'en fout, tu vois. Comme dit Bobby : « Jésus crie et la caravane passe. »

(1975)

L'ancien combattant

J'regarde si c'est pas miné. Repos la classe !

J'me présente : Dumoulin !

Mais les copains m'appellent Duboudin parce que chaque fois que j'entrais dans la chambrée, y en avait toujours un qui chantait : « Tiens voilà Dumoulin... »

R'marquez faut pas s'plaindre, on n'est pas les plus malheureux ! J'avais un copain y s'appelait Cocu. C'est agréable ! Il osait pas se marier. Pourtant il en avait trouvé une qui voulait bien. Peut-être pour ça qui voulait pas ! Alors pour se donner du courage, y s'étaient cuités tous les deux. Il est arrivé devant le maire avec sa promise bourrée ! Tiens... ça fait rigoler ça d'habitude, promise bourrée. Ah non ! Cuitée ! Promise cuitée, c'est promise cuitée qui fait rigoler !

Vous dérangez pas, j'vais vous la refaire. Alors il est arrivé devant le maire avec sa promise complètement cuitée...

Ça fait rien, laissez tomber !

Enfin, il a eu d'la chance. Il est mort en 14, au début... comme ça il a pas vu la suite. Il avait été blessé au front...

Non, pas à la tête, aux pieds.

C'est que ça rigolait pas !

Moi qui vous cause, j'ai été blessé deux fois : une fois à l'abdomen, une fois à l'improviste. Lui, il avait eu le pied comme qui dirait arraché par un obus de passage. Nom de Dieu ! Alors on s'était dit : « On va y couper la jambe le plus haut possible pour pas que ça s'infecte au genou. »

Comme on n'avait rien pour l'endormir, on s'est dit : « On va y crever les yeux pour que le malheureux y voie pas sa misère. »

On lui a crevé les yeux et on y a dit : « On t'racontera. » On a pas eu besoin, il est mort pendant qu'on y cassait l'os... avec des cailloux !

Ah ben, dame ! On n'avait rien ! Ah nom de Dieu, c'est qu'la guerre de 14 c'était pas les vacances. Heureusement dans un sens parce qu'il a pas fait beau. On s'disait toujours : « Ah ben ! Y f'ra beau demain. »

Et beng ! La flotte ! Remarquez faut pas s'plaindre, au Pakistan, y s'disent toujours : « Ah ben ! On aura une meilleure récolte l'année prochaine. » Et beng, la dèche !

Elle est très bonne... J'l'aime bien ! Ah, on a souffert de l'odeur tiens ! Ben vous savez comment ça s'passe ? Les premiers montent à l'assaut. Y se font tuer à 3 mètres, et après ça pue pendant toute la guerre ! Parce que tout le monde y disait : « Le front ! Le front ! »

Mais quand on est arrivés, il existait pas le front, il a fallu qu'on le fasse ! Nom de Dieu ! Les Allemands étaient comme qui dirait à 100 mètres de nous. On leur a dit :

— On fait le front ici !

— *Ja !*

— On creuse ici !

— *Ja. Aufwiedersen !*

— Oui ! C'est ça. Aux fines herbes !

Pendant ce temps-là on s'tirait pas d'ssus, sans ça on n'aurait pas fini la guerre. Faut être raisonnable !

Alors, tant qu'on a eu des munitions, ça allait encore mais après... Nom de Dieu ! Ils ont commencé à nous jeter leurs bouteilles de bière. J'ai gueulé ! J'ai dit : « Y pourraient avoir des poubelles ! »

Alors nous, on leur a jeté nos boîtes de corned-beef pleines. Il nous en restait plein. Vous savez ? Des petites boîtes kaki dehors, caca dedans. C'était des boîtes qu'on avait pendant la guerre de 70... Ben c'est qu'il en est resté assez pour faire la guerre de 40 ! C'est seulement qu'arrivés en Algérie qui z'ont dit : « On vous laisse l'Algérie et vous nous reprenez le corned-beef... »

Et c'est plus tard qu'ils l'ont revendu à Jacques Borel.

Remarquez, faut pas se plaindre ! On n'est pas obligés d'y aller hein ! Ah, nom de Dieu ! Mais je regrette pas de l'avoir fait la guerre ! D'abord parce que j'suis pas mort, et puis parce que j'ai été décoré. Ben oui, puisque j'suis pas mort !

À la guerre, on décore ceux qui r'viennent. Ceux qui sont morts, c'est ceux qu'étaient devant.

Ben dame ! On peut pas être partout !

Alors j'ai ma pension et puis il y a les commémos.

Les commémos c'est bath ça ! On y va, on pose un bouquet de fleurs, on joue toujours la même chose et puis après on a un banquet avec les copains. On s'en met plein la gueule ! Bien sûr, c'est pas nous qui paye, c'est vous !

Et puis y a toujours un ministre. En général c'est Debré. J'sais pas comment y s'démerde çui-là ! Il est tout le temps là ! Ah puis c'est un bouc-en-train, nom de Dieu !

T'entends un bouchon qui saute, c'est Debré ! Y en a un qui s'endort pendant le discours de Malraux, c'est Debré ! Y en a un qui s'met un entonnoir pour faire rigoler ses copains, dites-le avec moi : *(Le public :)* « C'est Debré ! »

Alors ! J'invente pas. Tout le monde le sait : c'est Debré ! Tiens, à propos faut que j'vous raconte une anecdote.

Figure-toi qu'un jour, c'était la nuit d'ailleurs, après une commémo. J'sais pas si c'était la chaleur mais tout le monde était ému. Et le p'tit Michel, il était complètement ému ! Alors je lui dis : « Michel, tu vas pas rentrer dans cet état à la maison ! Tu vas t'faire engueuler par ta bergère ! On n'est pas riches comme Fréjus, mais on peut loger un copain. »

J'le monte dans ma bagnole. On fait pas 300 mètres, nom de Dieu ! On s'fait arrêter par deux gendarmes ! Je dis au plus grand par la taille : « Faites attention, le p'tit qu'est roulé en boule derrière, c'est Michel Debré. »

L'autre y m'répond : « Je sais, moi je suis la Callas, et mon copain c'est les Beatles. »

Ah, nom de Dieu ! Ils nous ont emmenés à la gendarmerie, eh ben, heureusement que Michel Debré avait le téléphone d'Alain Delon sur lui... Sans ça, on y passait la nuit, mon pote !

(1975)

Tel père, tel fils (Gérard)

Géraard ! Faut que j'te parle !

Ta mère et moi nous t'avons élevé jusqu'à présent.

Surtout ta mère évidemment, imbécile ! Je travaille toute la journée, ta mère elle a que ça à foutre. Je dis pas qu'élever huit gosses c'est pas du travail, je dis : ta mère à part s'occuper de vous, elle a rien à foutre !

D'ailleurs tu pourrais l'aider et ainsi donner l'exemple. Au lieu de ça, monsieur donne un autre exemple ! Gérard, tant que tu passais tes journées à écouter Mic Jégère et les Bitelse passe encore, mais que tu fumes du hackique, non ! Ta mère en a trouvé dans tes poches et tu nous empestes les cabinets avec ça !

Gérard, j'ai été trop bon avec toi quand tu as abandonné lâchement tes études, tu aurais pu aller jusqu'au bac, pour faire plaisir à ta mère. Si t'avais eu ton bac, t'aurais pu être, j'sais pas moi... t'aurais pu être... T'aurais pu t'inscrire au chômage, oui. Au moins t'aurais été un chômeur honnête ! Au lieu de ça, monsieur fume du hackique avec des biknites !

Fais attention, Géraard, tu es sur une pente savoveu... sevonneu... savonneuse aujourd'hui ! Aujourd'hui c'est un petit verre qu'il te faut, mais demain, tu en fumeras tout un paquet ! Sans parler de la honte qui retombera sur ta pauvre mère.

Moi ? t'occupe pas ! Je m'arrange avec la honte directement. J'ai l'habitude ! J'ai pas besoin de tes conseils !

Géraard ! Et pis le pinard, c'est pas interdit que je sache ! Ah, elle est jolie la jeunesse ! Nous comme jeunesse on avait la guerre, mondiale qu'elle était la guerre ! Les restrictions et tout. Pas de pinard ! Rien ! On a souffert ! Alors après quand la guerre a été finie, on a tous bu un p'tit coup pour fêter l'armistice. Les vignerons voyant que ça marchait se sont multipliés, et depuis on picole pour boire l'excédent. On rend service nous ! On est des patriotes. Tu peux pas comprendre, t'es pas patriote avec ton hackique ! C'est quand même pas mon fils drogué qui va me reprocher d'être patriote !

Alors en 40 quand on a vu qu'on la perdait la guerre on s'est dit on va faire des gosses pour pas être ridicules la prochaine fois. Mais aujourd'hui les jeunes veulent plus la faire la guerre ! Même les jeunes Allemands y veulent pas faire la guerre ! T'as qu'à voir dans quelle merde on est ! Alors en 40 quand on a vu qu'on avait perdu la guerre, en 44 on s'est mis à boire pour oublier. Eh ben, on y est arrivés ! On a oublié qu'on a perdu la guerre, t'as qu'à demander, tout le monde croit qu'on l'a gagnée. Alors, c'est utile ! Les jeunes, je comprends pas. Vous lisez pas les journaux, vous regardez pas la télé, vous faites pas de sport, vous vous intéressez pas au football.

Tiens, tu sais qui c'est toi Ujlaki, Stabienski, Kopa, Winieski ? C'est les meilleurs Français du monde ! Vous vous enfermez dans une piaule avec du hackique et vous chantez des chansons tristes. Vous êtes tristes ! À quarante ans, vous serez des loques humaines. Quand on voit la tristesse des biknites, on comprend pourquoi c'est interdit le hackique ! Et on se dit que le pinard ça devrait être obligatoire ! Ah ! heureusement qu'on vous a pas attendus en 40, elle aurait été belle la France d'aujourd'hui !

(1975)

The blues in Clermont-Ferrand

Paroles de Coluche et musique de Xavier Thibault

Mon papa m'a dit fiston
Te voilà dix-huit ans
Il commence à être temps
Que tu gagnes ton croûton

Ma mère a mis dans ma valise
Des lacets neufs pour mes baskets
Une ceinture du docteur Gibaud
Dix-huit slips et trente-six chaussettes

Et je m'en vais chantant
The blues in Clermont-Ferrand

Comme je ne sais rien faire
Qu'à rien je ne suis bon
J'ai fait comme mes frères
J'ai choisi la chanson

Je suis parti gagnant
À la conquête des foules

J'ai fui Clermont-Ferrand
Mais la foule me refoule

Je suis un rocker français
Planté dans ses baskets

Depuis je vais souvent
Blues et rock à tout vent
J'ai chanté dans les boîtes
On m'a j'té des tomates

J'ai dit « Les gars je suis Jésus »
Là je crois que j'aurais pas dû
Pour une fois ils m'ont écouté
Sur mon ampli ils m'ont cloué

Je suis un rocker français
Planté dans mes baskets

Eh ! Je suis la mode rétro
Oh, toi qui passas sans me voir
J'ai toujours le rock dans la peau
Même si j'ai un rétro de retard

J'irai toujours chantant
The blues in Clermont-Ferrand.

(1975)

Le Schmilblick

GUY LUX – Eh bien, bonjour ! Le *Schmilblick* est aujourd'hui à Cajarc, petite ville de l'Aveyron. Je rappelle brièvement que le *Schmilblick* est rond, qu'il contient du jaune, qu'il tient dans la main, qu'on peut le faire cuire de différentes façons et qu'un navigateur le faisait tenir debout. À vous Cajarc, à vous Simone ! Premier candidat.

SIMONE – Bonjour, Guy. Candidats de Cajarc venus nombreux, bonjour ! Le premier candidat c'est monsieur ?

1er CANDIDAT – Monsieur Moulinot ! Marchand d'articles de pêche sur la place du Marché à Cajarc : un article de qualité s'achète chez Moulinot !

GUY LUX – Posez votre question, monsieur ?

1er CANDIDAT – Oui, alors, est-ce que le *Schmilblick* est-il vert ?

GUY LUX – Non, monsieur. À quoi pensiez-vous ?

1er CANDIDAT – À un ver de terre de chez Moulinot.

GUY LUX – Non, monsieur. Candidat suivant, Simone.

J'ÉTAIS SOUVENT D'ACCORD AVEC COLUCHE...
J'AIME MIEUX REISER QUE TOI.
MOI AUSSI, J'AIME MIEUX REISER QUE TOI.
WOLINSKI

SIMONE – Oui, Guy, c'est à vous, monsieur ?

2e CANDIDAT – Bonjour, Guy Lux. Je me présente Émile Duboudin, Compagnon de la Libération de passage à Cajarc. Est-ce que le *Schmilblick* a fait 39-40 ?

GUY LUX – Non, monsieur.

2e CANDIDAT – Ça m'étonne pas, tous des planqués à la télévision !

GUY LUX – C'est ça, monsieur ! Candidat suivant, Simone.

SIMONE – Candidat suivant, c'est monsieur ?

3e CANDIDAT – Oulla Zaïm Ben Salem.

SIMONE – Monsieur Ben Salim.

3e CANDIDAT – Salem, Ben El Zaïm, c'est pas français comme nom !

SIMONE – Salim, alors posez votre question.

3e CANDIDAT – Morci, mahademoisille ! Est-ce qu'il a, si vous plit, ah est-ce qu'il a que ah çilui-là qui la essait di pressi d'tarahoua l'*Schmilblick*. Ah est-ce qu'il it pour çui-là qui la trouvi par terre ?

GUY LUX – Euh... Je ne comprends pas, Simone, monsieur a été coupé...

SIMONE – Oui, je... je suis comme vous, Guy. Guy ? Je crois... Ah ! Allez.

3e CANDIDAT – Qu'i-ce qui cit ! Mais non, pas du tot ! J'y li pas été coupi ! Asma ! Même pas français ! Alors ! Est-ce que j'y pô posi mon réponse ? Pardon, si vôs plit.

GUY LUX – Oui mais, monsieur, nous n'avons pas tout compris ! Alors...

3e CANDIDAT – Qu'est ça qu'il a pas compris c'lui-là ? Pourquoi lui s'il a pas compris pisque moi ji li tris bien compris ! Ji parle français aussi bien qui toi, si ti plit ! Alors ? Qu'est-c'que ça veut dire le racisme pourri. Nadin français !

GUY LUX – Candidat suivant...

4e CANDIDAT – Bonjour, Mi Lusxque ! C'est Papi Mougeot de Cajarc.

GUY LUX – Guy Lux. Monsieur ?

4e CANDIDAT – Oui... Guy Lusque. Alors, est-ce que le *Schmilbilibili*...

GUY LUX – Non, écoutez, monsieur ! Il y a d'autres candidats, alors Simone, s'il vous plaît ?

SIMONE – Oui, Guy. Candidat suivant, c'est monsieur ?

5e CANDIDAT – Bonjour, Guittou ! Jean-François, coiffeur à Paris, en vacances à Cajarc, au camping. Alors est-ce qu'un coiffeur peut se tirlipoter le *Schmilblick* tout seul dans sa tente, pfff !

GUY LUX – Non ! À quoi pensez-vous ?

5e CANDIDAT – À la même chose que vous, dégoûtant ! pfff !

GUY LUX – Oui, c'est ça alors ! S'il vous plaît, candidat suivant ! Simone...

SIMONE – Le candidat suivant est une candidate !

6e CANDIDAT – Non, non !

SIMONE – Oh ! Excusez-moi, on ne les reconnaît plus, je...

GUY LUX – Allez-y, posez votre question, monsieur !

6e CANDIDAT – Est-ce qu'on peut pousser le *Schmilblick* ?

GUY LUX – Oui, pourquoi ?

6e CANDIDAT – Pour le faire avancer, eh banane !

GUY LUX – C'est amusant, c'est très intelligent ! Merci, monsieur. Simone...

SIMONE – Candidat suivant.

7e CANDIDAT – Bonjour, Mimux !

GUY LUX – Bonjour, monsieur, posez votre question.

7e CANDIDAT – Bon. Alors voilà, je voudrais dire à Zézette qu'elle aille directement chez René parce que comme j'ai paumé les clés du camion, on va être emmerdés pour lui livrer l'armoire.

GUY LUX – On lui dira, on lui dira, monsieur !

7e CANDIDAT – Enfin, je paye à la télé. J'ai le droit !

GUY LUX – Candidat suivant, c'est monsieur...

8e CANDIDAT – C'est Papi Mougeot, euh... Bonjour, Guy Lux !

SIMONE – C'est une catastrophe !

8e CANDIDAT – Ah, oui... Alors voilà... Est-ce que le *Schmimimibilimimi*... Non ! Ah ! Ça y est m'sieur Guy Lux, alors le *Similibilibi*...

GUY LUX – Mais enfin Simone !

SIMONE – Un petit peu plus tard, monsieur, candidat suivant.

9e CANDIDAT – Bonjour, Guy Lux, là ! Est-ce que, si vous plaît, le *Schmilblick* actuellement est-il cont' les travailleurs immigrés, là dis donc ?

Guy Lux – Euh, non, monsieur, à quoi pensez-vous ?

9e CANDIDAT – Je pensais à une matraque de CRS parce que c'est pas pour dire mais actuellement on mm...

GUY LUX – Non, alors s'il vous plaît ! Je rappelle que le *Schmilblick* est un jeu, je rappelle que le *Schmilblick* est un œuf et un œuf ne fait pas de politique, allons voyons ! Hein ? Mais non, je l'ai pas dit ! Alors Simone, SVP, candidat suivant !

SIMONE – Candidat suivant, c'est monsieur ?

10e CANDIDAT – Bonjour, Guy Lux ! Monsieur Van De Plote de passage à Cajarc ! Est-ce qu'on peut mettre le *Schmilblick* une fois dans le biberon des enfants ?

GUY LUX – À quoi pensez-vous ?

10e CANDIDAT – À des frites !

GUY LUX – Euh... Candidat suivant.

11e CANDIDAT – Alors ! Me revoilà ! Ça y est ! Est-ce que le *Schmilblick*... tient dans la main.

SIMONE – C'est Papi Mougeot !

GUY LUX – Euh, ben... À quoi pensiez-vous, monsieur ?

11e CANDIDAT – À rien ! C'était pour faire avancer le *Schimilimilibimilibili.*

GUY LUX – Ça suffit, Simone !

SIMONE – Je sais, mais...

GUY LUX – Mais enfin, vous n'avez qu'à le pousser. Mais poussez-le, vous m'entendez, Simone ! Allô, Simone ?

(1975)

L'audition

Mesdames, messieurs, je suis heureux de vous présenter pour la première fois à Paris sur une scène Marie-Jérôme Grospieds. Marie-Jé est auteur-compositeur-interprète depuis bientôt neuf ans. Eh bien, depuis neuf ans, qui la connaît ? Personne ! J'espère qu'un jour d'aucuns auront honte de ne pas avoir découvert plus tôt ce petit monstre... J'entends un ricanement... Ça m'est égal ! J'ai l'habitude ! Le mot n'est pas trop fort.

... De ce petit monstre de poésie qu'est Marie-Jérôme Grospieds et ça sera bien fait pour eux ! Il faut entendre Marie-Jé chanter l'amour dans sa très belle chanson *Je ne sais pas comment tu vas faire pour m'aimer*, ou chanter le déchirement comme dans *Je ne peux pas en ce moment*.

Ou encore chanter son angoisse comme dans *Pourquoi toujours moi ?*

Non ! Fallait y aller avant ! Si nous n'avons pas encore réussi à faire un disque, c'est pas par manque de bonne volonté, c'est que nous avons toujours refusé la facilité qui consiste à s'afficher dans les boîtes à la mode avec ces messieurs chauds du bizenesse ! Parce que faut pas croire tout ce qu'on raconte dans les journaux sur la vie de famille des vedettes, gentils, tranquilles.

Des dégoûtants, oui ! Je dis pas tous mais...

Des obsédés, oui ! Je dis pas tous, mais la plupart...

Que quand on voit ça, on se dit que Freud aurait mieux fait de s'occuper de ses fesses que des nôtres ! Si le public savait les propositions qu'on a faites à ma petite Marie-Jé ! Pour l'instant je dis rien, mais si certains s'obstinent à nous mettre des bâtons dans les trous pour nous empêcher de faire un disque, je serai peut-être amené à faire des déclarations et même à balancer des noms ! Parce que je sais que certains mettent leur veto.

Que lui reproche-t-on au juste ? Sa franchise peut-être ? On lui a reproché sa voix très personnelle, sa musique, ses paroles, son absence de physique, son accent étranger... c'est très charmant les accents ! Y a bien des Anglaises, des Américaines qui chantent en français ! C'est pas parce qu'elle est arabe !

Nous avons déjà chanté plusieurs fois, notamment en 1973 à l'occasion de l'arbre de Noël des anciens de la SNCF en première partie d'un autre chanteur plus connu que nous, et qui l'a trouvée très bonne et nous a promis de la reprendre dès qu'il aurait une autre affaire. Alors on attend pas après certains ! Nous sommes prêts à entrer dans la carrière ! C'est bien d'elle que l'*Hebdo des vignerons du Nord* écrivait : « Une voix qui vous retourne les tripes. Un tempo qui vous cloue au sol... une poésie qui vous part de là et qui vous remonte jusqu'ici. On voudrait crier ! C'est trop tard ! Elle en chante déjà une autre ! »

Nous avons là une liste de réponses toutes prêtes à faire aux questions des journalistes mais personne ne nous les pose. Personne ne s'intéresse à nous. Personne ne nous a jamais engagés ! C'est pourquoi aujourd'hui profitant de la lumière nous avons décidé de nous faire entendre !

Ceci est un détournement de salle de spectacle ! Je demande à tout le monde de rester calme ! Personne ne sortira d'ici tant que Marie-Jé n'aura pas chanté ses cent douze chansons ! Je préviens : je tire dans le tas ! J'en ai marre maintenant !

Ça fait neuf ans que je la nourris et qu'elle me rapporte rien ! C'est que ça a pas l'air, mais ça bouffe ! Merde ! Vas-y, Marie-Jé ! Et n'essayez pas de fermer le rideau ! Salauds ! Salauds !

(1976)

On a tout payé d'avance

Paroles de Coluche et musique de Xavier Thibault

On a tout payé d'avance
On a mérité l'paradis
On s'est emmerdés toute l'année
V'là les vacances obligatoires

J'espère qu'on va crever d'chaleur
Dans le camping Cité des Fleurs
Installé au bord du trottoir
À voir passer l'désespoir

Les moustiques sont au rendez-vous
La mer sent un peu les égouts
Comme dit le chef du camp'ment
On part si on n'est pas contents
D'toute façon c'est payé d'avance
Puisqu'on a tout payé d'avance

On a tout payé d'avance
On a ri, on s'est marrés
On est sortis sans cravate

C'était vraiment décontracté
Ouvrier, patron même soleil

Les gens disaient en nous voyant
C'est une bande de jeunes
On a pissé dans une poubelle
On peut dire qu'on a rigolé

On a tout payé d'avance
J'vois les gens sur l'autoroute qui s'plaignent
Au passage du péage
Mais c'est pas l'impôt qui est cher
C'est qu'on a payé pour le faire

On fait la queue trois quarts d'heure
Pour acheter l'essence hors de prix
On a attrapé des couleurs
Pis on a dit encore merci

Pour l'instant y a encore du monde
Qui se traîne à soixante à l'heure
Mais tu verras quand la nuit tombe
On monte jusqu'à quatre-vingt-dix
Faut pas qu'on soit trop en avance
Puisqu'on a tout payé d'avance

On a tout payé d'avance
On a ri, on s'est marrés
On jouait au volley sur la plage
On a même fait pipi dans l'eau
Ouvrier, patron même soleil

Les gens disaient en nous voyant
C'est une bande de jeunes
On a dragué des majorettes
On peut dire qu'on a rigolé

On a tout payé d'avance
On a oublié en vacances
Les vacheries de toute une année

Celles qui s'préparent à la rentrée
Mais comme on est malins en France
Comptez pas sur nous pour râler
La la la...
Y vous feraient payer quand y veulent
Un impôt pour fermer ta gueule
La la la...

(1976)

Poème : « Noir ! »

C'était un homme petit de taille moyenne.
Il avait tout moyen.
Oh non ! Il n'avait pas les moyens...
Pas les moyens... Il croit qu'il a les moyens...
Les moyens... Il croyait...
...

Ils sont cons ! Ils y comprennent rien ! Une pauvre astuce et ils comprennent rien ! Une pauvre astuce et ils comprennent plus rien ! Je suis sidéré ! Je suis sûr que je jouerai pas d'instrument, ils se barreraient !

...
Il avait les bras moyens.
Il avait les jambes moyennes.
Il avait le corps moyen.
Et paradoxalement quand on a tout de moyen...
On est plus petit que la moyenne.
Sa vie n'avait pas bien commencé.
Ses parents ne l'avaient pas reconnu à la naissance.
Ils avaient dit :
« Oh non ! C'est pas lui, non ! »

Même plus tard on leur avait présenté et ils avaient dit :

« Oh non, non ! Oh non, le nôtre était plus...

Oh non, pas du tout ! »

C'était dommage !

D'ailleurs personne ne le reconnaissait jamais.

Personne ne le voyait même !

Une fois dans le métro quelqu'un s'était appuyé sur lui

Croyant s'appuyer contre la porte.

Tu étais parti sans fermer la porte et il avait pris froid.

Dans la rue, il était obligé de mettre du soufre sur ses bas de pantalons pour éviter que les chiens ne lui pissent sur les godasses.

C'était terrible. Oui, c'était terrible !

On l'appelait « Ces choses-là » parce que il ne faut pas se moquer de ces choses-là. Un jour, il entra dans un square, s'assit sur un banc et cria pour un petit groupe de gens qui se trouvaient là : « Au secours ! Au secours ! Il est temps que l'homme prenne conscience de sa misère noire ! »

... Non, pas la lumière, la misère !

LE TECHNICIEN – Ben, c'est toi qui l'as dit « noire ! ».

COLUCHE – Ben oui ! C'est dans le texte.

LES MUSICIENS – Ben oui ! Mais lui il peut pas deviner !

COLUCHE – Eh ben, on lui a pas demandé de deviner ! Rallume ! Hé ! Au secours ! Au...

LES MUSICIENS – Tu l'as déjà dit ça.

COLUCHE – Oui, ben je le dis encore. Y a deux fois « Au secours ».

LES MUSICIENS – Oui, mais tu l'avais déjà dit.

COLUCHE – Oui, ben merci, on vient de me le dire.

LES MUSICIENS – Oui mais là, c'est pas lui, c'est toi qui viens de le dire !

COLUCHE – Je... Euh... Bon alors, on s'est... Mais merde ! Au secours !

L'homme est un loup pour l'homme !

Le progrès détruit la nature !

Il faut avoir peur du danger !

Il faut dire son nom après 10 heures !

Pan ! ! (*Bruit de pétard.*)

Euh... Salauds ! Au secours ! Euh... Noir ! Merde !

Lumière !... Ah, c'est amusant comme plaisanterie, hein ? Ah c'est rigolo ça un pétard ! Ça m'fait rigoler moi ! C'est un vrai plaisir de travailler avec vous ! Ça se voit pas mais je me marre... C'est intérieur ! À l'intérieur j'ai une surboum, y a un bordel ! Je me fends la gueule !

Bon. Qu'est-ce que je disais ?

LES MUSICIENS – Noir !

COLUCHE – Ah merde ! Rallume ! C'est d'ta faute aussi toi ! Toi tu gueules « noir ! ». Ah non, Jean-Mi ! Rallume ! Tu vas pas éteindre à chaque fois que dans le texte il y a « noir » ! Ben, euh... Jean-Mi, attends... Il est con. C'est dur ! Hé, Jean-Mi, rallume. Non. Faut pas l'emmerder parce qu'il peut être en grève d'un moment à l'autre... Hé, j'vais t'expliquer un truc. Par exemple, si dans le texte il y a : « Il m'a fait une peur bleue ! » Alors... Bon. Laissez tomber alors ! Laissez tomber ! Rallume. Oui, alors voilà, le mec il est entré dans le square, il s'est assis, il a causé un peu et puis il s'est barré. Voilà. Oh, oh ! Démerdez-vous ! Moi, je vais me mettre là, il reste de la place, ça tombe bien ! J'en ai rien à foutre, démerdez-vous ! Allez hop ! Alors ! Vous allez voir...

LES MUSICIENS – Ah ben, non ! Meeuu non !! Allez...

COLUCHE – Hein, alors ? Hein, alors ? Hein ? Alors ? Alors ?

Alors comme il voyait qu'il n'arrivait pas
À communiquer avec ses semblables
Et qu'il commençait à faire légèrement nnn...
Alors, il se leva et il s'en alla...

(1976)

J'ai pas dit ça sur les sportifs !

J'ai pas dit ça ! Ouais, ouais, ouais !

Non, non non. J'ai pas dit ça et pis c'est tout ! Alors ! On rigole, on dit que c'est moi qui l'a dit et puis après c'est de ma faute.

Vous vous en foutez, vous, vous rigolez, vous ! Vous vous en foutez, hein ? Et puis après c'est moi qu'a l'air d'un con avec les Belges maint'nant ! Hein ?

C'est vous peut-être ? Non, c'est moi ! Merci ! Alors, on rigole, on dit c'est lui qui l'a dit et puis alors... Maintenant c'est de ma faute si c'est des cons les Belges !

Ah j'ai l'air malin, hein ! Déjà avant c'était pas terrible mais alors là vraiment... Ah ! Et puis j'ai eu des plaintes ! Les Suisses m'ont écrit : « Monsieur, vous faites toute une publicité aux Belges, tout ça. Alors que nous on a les Suisses-Allemands, y sont largement aussi cons. »

Ah, j'ai l'air malin, hein ! Ah, je vous remercie, c'est agréable !

C'est comme pour les Français, j'ai pas dit que

les Français étaient tous des cons, hein ? Je l'ai dit ? Alors je l'ai pas dit fort hein ?

Et pis de toute façon, ça compte pas parce qu'on peut pas dire comme ça que tous les gens sont tous des cons. Mais les Français on peut. Remarque, euh... Euh, non ! Les Français c'est un mauvais exemple, hein ? Ou alors par groupes. Un truc comme ça.

Par exemple les supporters, un truc comme ça. Ils sont cons les supporters, hein ? Mais si on veut aller par là, non, pas par là, par là, on peut toujours trouver plus cons que les supporters, à ce moment-là ! Y a les sportifs ! Sont plus cons les sportifs ! Parce que les supporters, y sont assis, les autres y courent, si on va par là. Remarquez, c'est toujours pareil, faut les comprendre ! Moi je les comprends les sportifs, euh... Parce que je suis mieux placé que vous peut-être, euh... Parce que je fais du sport. Ah ben, j'vous remercie, c'est agréable ! Alors je vais vous dire, c'est de la mauvaise foi parce que ça peut pas se voir, je vais vous dire pourquoi. Je commence demain, alors ! Alors voyez...

Mais faut les comprendre aussi les sportifs. Parce que par exemple, on dit : « Y sont cons ! »

Bon c'est vrai, mais c'est vite dit ! Parce que le temps qu'ils passent à courir, ils le passent pas à se demander pourquoi ils courent. Alors après on s'étonne qu'ils soient aussi cons à l'arrivée qu'au départ ! Faut se mettre à leur place aussi hein ! Remarquez moi je me mettrais bien à leur place, c'est... euh... pour les gonzesses. Parce que, euh... les sportifs, ils emballent les gonzesses ! C'est ça, oui, oui, oui, euh... les gonzesses. Eh ! Remarquez, moi je pourrais emballer aussi hein ? Ah ben j'vous remercie ! Non, pas dans les stades ! Mais j'pourrais emballer justement parce que en ce moment, j'fais un régime ! Je mange plus de pain avec les nouilles... Eh ben, dis donc, j'ai déjà vachement changé hein ! Eh, j'ai croisé un copain l'autre jour. J'y ai fait : « Coucou ! » Y m'a pas reconnu ! Remarquez, lui il est tellement con ça se trouve c'était pas moi, hein !

Et y s'marrent les sportifs hein ! Dans les vestiaires...

Parce que maintenant les vestiaires, c'est miste, c'est miste. Alors hé ! Les mecs comme ça, parce que les gonzesses... alors y chahutent : « Hé, Nanard, ton short, il est trop petit ou il est doublé de fourrure, con ! »

Remarquez, j'suis pas pressé d'y aller dans les vestiaires parce que j'ai un copain, y fait du sport depuis hier, on y a déjà gaulé sa montre, alors !

Non, mais c'est pour dire. Ils se fendent la gueule !

Et puis c'est toujours pareil, on peut pas dire que c'est tous des cons non plus les sportifs.

Parce que par exemple, euh... y en a qui touchent de l'argent et puis c'est interdit hein ! Alors, y en a qui sont moins cons que les autres ! Ouais ! Je dis y en a qui touchent de l'argent mais faut pas le dire parce que c'est interdit ! Ah bon...

Et le doping ? Non, c'est pareil le doping, hé ! Faut pas en parler du doping ! Ah, on en parle pas alors ? Ah bon, tant pis ! Le doping ? Non ! Pas celui qu'ils ont le droit de prendre toute la journée, qu'ça se voit pas quand y pissent non ! Ah non ! Moi, je vous parle du vrai doping, celui qui gagne les records et tout hein !

Bon. Hé, mettons qu'ils arrêtent. On aura l'air malin devant nos téléviseurs en attendant qu'ils battent les records, hein ! Et puis le Tour de France pour arriver le 14 juillet, eh ben faudra qu'ils partent à Noël, hein ! Et encore, faudra que les plus malins y poussent les plus petits, parce que s'il y a un sport qu'est dur c'est le vélo. C'est dur le vélo. Oh ! là, là ! Qu'est-ce qu'il faut être con pour faire ça comme sport ! Eh ben, c'est pas de ma faute si c'est les Belges qui gagnent, merde ! Alors...

Et puis on dit toujours : « Les sportifs c'est des cons ! »

Bon. Mais c'est l'esprit d'équipe... C'est des mecs qui sont une équipe, y z'ont un esprit ! Alors ils partagent !

Bon, et encore il y a les exceptions. J'vous dis un truc, j'ai un copain, il fait du sport. L'autre jour à la cantine il y a un gros qui s'est levé, il lui a mis une praline dans la gueule, il lui a piqué son assiette, puis y a dit euh... Il lui a dit : « Quanque y en a pour deux, y en a pour moi ! »

Mon pote il s'est levé, il lui a dit : « Qu'est-ce que tu fais comme sport toi ? »

L'autre lui a dit : « Je fais haltérophilie, pourquoi ? »

Bon alors mon pote il s'est rassis. Lui, il fait ping-pong, hein ? Vouais. C'est bien aussi, mais enfin pour manger à la cantine, c'est pas facile ! Hein ? Euh... Il est balèze mon pote hein ! Il est pas très connu parce qu'il a été illuminé en finale. Hein ? Bon, pour vous dire l'esprit que c'est pas des lumières, ses copains ils l'appellent l'Andouille c'est parce que, je vous le donne Émile, c'est parce que, euh... il s'est fait battre par Secrétin.

Voyez, y a pas de quoi se relever la nuit hein !

Eh ben mon pote il est balèze. En jouant au ping-pong il a un truc à lui, j'vous le dis mais faut pas le dire, hein ? Hé... Il vise les yeux.

Moi, j'ai joué un peu avec lui, il m'en a mis une de chaque côté, eh ben... bon, j'ai continué un peu en nocturne pour être poli. Puis après je suis rentré hein, parce que, euh... Bon, alors admettons... Admettons que les sportifs soient plus cons que les supporters, bon. Mais alors si on veut trouver plus con on peut.

On peut toujours trouver plus con que soi ! Hein... regardez... moi !

(1977)

Les militaires

Autant j'suis pas pour dire du mal des cons quand ça se voit, autant on va pas parler des cons sans faire un détour par les militaires. Mais moi je vous parle des vrais militaires hein ! Ceux que c'est leur métier, euh... ils habitent dedans et tout ! Moi, je parle pas des mecs qu'on embauche un an pour les faire chier, puis après qu'on rend au chômage ! Non, je parle des vrais militaires.

Bon. Alors qu'est-ce qu'ils font toute la journée si c'est pas du sport ? Le seul avantage c'est que même quand t'as perdu on t'envoie *La Marseillaise*. Ça fait léger comme avantage hein ! Et puis vous savez personnellement ce que je pense des cons qui écoutent de la musique au garde-à-vous ?... Ben tiens, la réponse elle est contenue dans la question là, j'ferai qu'un voyage ! Hé, bon alors... Évidemment hé ! Les sportifs aussi ils écoutent les hymnes nationaux au garde-à-vous, mais seulement quand ils gagnent. C'qui fait que pour les Français, nous, on est peinards ! On est beaucoup moins cons que les autres.

Bon, mais alors c'qui est bien, les jeunes, on les habitue à avoir de l'ordre. C'est très important

PLUS JAMAIS ÇA
cabu

l'ordre ! La peur du désordre chez les jeunes, très important. Alors, les beatniks et les cheveux...

Maintenant, ils s'coiffent. Y a un progrès ! Les cheveux dans le même ordre ! Et l'ordre c'est très important par exemple. Parce que, pour plus tard... Regardez, même le tiercé, moi, je l'ai dans le désordre, et en plus... non ! Ça la fout mal !

— T'as touché le tiercé ?

— Euh... dans le désordre...

Pour passer pour un con, c'est de première hein ! Et alors l'ordre, tout ça. Ça entraîne la paix qui est, n'est-ce pas, une chose qui est détenue par les vrais militaires, et qu'on a ça au-dessus de la gueule et qui va nous tomber dessus d'un moment à l'autre ! Je sais pas pourquoi on leur a donné ça à eux, enfin bref ! Parce que l'ordre et la paix sont des choses très importantes !

J'entendais un jeune qui disait l'autre jour à un flic : « Hé... C'est ça ! Les gardiens de la paix au lieu de nous la garder, ils feraient mieux de nous la foutre ! »

Effectivement. Envisagé sous cet angle, on peut préférer le désordre. Mais c'est formidable avec la connerie, parce que c'est comme ça que ça s'appelle ! C'est Descartes d'ailleurs, euh... C'est un philosophe... euh... Enfin il est mort. Euh, on le compte pas, hein ? Il disait que l'intelligence c'est la chose la mieux répartie chez les hommes, n'est-ce pas, parce que, quoiqu'il en soit pourvu, il a toujours l'impression d'en avoir assez, vu que c'est avec ça qu'il juge ! Hein ? C'est ça le piège ! Ah non, mais... Hé, je le dirai à Descartes que vous l'avez applaudi, ça va y faire plaisir ! Parce qu'on dit toujours : « Oh ! Les enfants ils sont intelligents, les enfants ! »

Puis après on dit : « Plus ils sont grands, plus ils sont bêtes ! »

Et alors on dit : « Ils sont intelligents pour leur âge ! »

Ça prouve bien que quand ils grandissent ils y paument ! Et alors, il y a des qualificatifs : plus il est grand, plus il est bête, jeune con, grand con, grande andouille... jusqu'à vieux con. Alors, si les enfants sont intelligents et que plus ils grandissent plus ils deviennent bêtes, ils paument un truc en route qui est quand même pas facile à expliquer là ! Moi j'ai un truc, mais j'sais pas, c'est léger. Parce que comme c'est les grands qui disent que les mômes sont intelligents et que déjà ils sont censés être cons, peut-être qu'ils se gourent !

En tout cas y a aucune raison pour que les gens y se fassent la gueule dans la rue ! Ils se connaissent pas. Hein ? C'est bien par bêtise ! Ils ne veulent pas se parler !

— Pardon, m'sieur... V'z'avez du feu ?

— Non, non.

Ils se connaissent pas les gens ! Du feu c'est rien ! Oh ! là, là ! Bon. C'est un pétard ! Pfff !

Et alors ce qui est formidable, c'est que plus les gens se passionnent, plus ils deviennent cons. Même les catholiques quand ils se battaient avec les protestants, on disait : « Tiens, ça les promène ! »

Je déconne pas, j'l'ai lu dans le canard ! Hé ! Les catholiques ils se bourrent la gueule entre eux maintenant. Plaff ! Dans les églises ! Ils se sont battus à coups de poing dans les églises. Je vous le donne Émile encore une fois, c'était pour savoir dans quelle langue ils allaient dire la messe ! S'il y a truc dont on se fout... Qu'est-ce qu'on en a à foutre qu'ils lisent la messe dans n'importe quelle langue. Ils nous emmerdent !

Et en plus, ils z'ont que ça à foutre ! Ils z'ont qu'à faire deux séances !

(1977)

Et alors il y a la télévision

La question qu'on se pose c'est pourquoi les gens sont devenus cons. Eh ben, c'est parce qu'on les abrutit avec la télé, les journaux, la publicité ! Alors bon.

Alors la publicité. Alors t'as la lessive qui lave plus blanc que la lessive qui déjà lavait plus blanc, la même marque hein ! Alors, moi, j'ose plus changer de lessive, j'ai peur que mes vêtements deviennent transparents !

Non, mais il y avait des trucs pratiques quand il y avait pas la pub. Par exemple : à 5 heures, on avait l'odeur. On savait qu'il était 5 heures ! Maintenant on s'met des rillettes, on sait plus. On sait plus l'heure maintenant hein ! On est emmerdés !

Alors t'as les journaux. N'importe lequel tu sais ! « Le Concorde a pas pu se poser. » Bon, ben qu'il reste en l'air ! Qu'est-ce qu'on en a à foutre nous ! Ils ont qu'à le ravitailler en vol !

Et puis alors t'as la télévision. Alors le mec y rentre du boulot. Le soir à 8 heures, c'est les informations. Clac ! T'as les mecs qui arrivent là avec des tronches de premier de la classe comme c'est pas permis, tu vois ? Bonjour Brushing. Enchanté, moi c'est Brushing ! Bon. Alors les mecs ils te disent les informations. Parce qu'ils se disent : « On va leur dire les informations, c'qui s'est passé, un p'tit peu pour qu'ils soient au courant. »

Alors voilà ce qu'ils disent... Les gens disent que j'dis que des conneries, alors là j'ai noté !

Maintenant je vais dire les leurs. Alors voilà, informations hein. À la télé, 8 heures, tronches de premier de la classe, rillettes sous les bras hein !

« Le chancelier allemand a été reçu cordialement par le président de la République... »

Bon alors ça c'est nous qui paye ! On s'en tamponne déjà ! « ... par le président de la République qui a descendu deux marches pour l'accueillir. »

Faut vraiment avoir rien à foutre pour compter les marches hein ! Alors, attends ! Parce que dans la diplomatie, c'est vachement important. Si t'es pas très copain, t'envoies le Premier ministre. Si t'es un peu copain, tu y vas, mais tu restes sur le perron. Si t'es vraiment sympa, tu descends deux marches. Bon. Alors c'est ça, hein, en fait ça se compte comme ça.

« ... descendu deux marches pour l'accueillir en signe de détente... »

D'ailleurs c'est écrit ! Deux marches c'est détente hein !

« ... La poignée de main a été longue et chaleureuse... »

Ça veut pas dire grand-chose, mais il faut savoir que les poignées de main c'est au mètre de pellicule, hein ! Alors quand c'est long, ça veut dire qu'il voulait bien que tout le monde le photographie. Parce que tous les mecs sont là : « Merde ! Je le vois pas... Qui c'est ? Alors ça va, p'tit mec ? Ça y est, connards... Allez salut, on rentre ! »

Parce que des fois, ils bavent. Ça les intéresse pas, allez dehors ! Alors, attention, voici l'information par elle-même : « ... Mais on s'autorise à penser dans les milieux autorisés... »

Alors ça ! Les milieux autorisés, c'est un truc, vous y êtes pas vous hein ! Vous êtes même pas au bord, vous y êtes pas du tout. Bon, le milieu autorisé c'est un truc, c'est un endroit autorisé où il y a plein de mecs qui viennent pour s'autoriser des trucs, mais y a que le milieu qui compte ! Et là-dedans il y a une poignée de connards qui tournent en rond en s'autorisant des trucs :

— Euh... Qu'est-ce que tu fais là ?

— Ben, j'sais pas. J'vais peut-être m'autoriser un truc, mais c'est vachement gonflé. J'hésite ! Euh...

« ... s'autorise à penser dans les milieux autorisés qu'un accord secret... »

Alors vous savez ce que c'est qu'un accord secret ? C'est un accord dont euh... qu'on n'a pas le droit d'en parler, c'est interdit donc, pas dans l'information non plus !

« ... qu'un accord secret pourrait être signé. »

C'est même pas sûr ! Et moi je dis alors que quand un mec sur une information il en connaît pas plus, il n'a qu'à fermer sa gueule ! Et même, à la rigueur, il serait pas venu, on s'rait pas fâchés !

Bon, et ça je l'invente ?

« ... Un des billets de la rançon du petit Jean-Luc

a été retrouvé à Madrid. Les enquêteurs pensent que les ravisseurs sont passés en Espagne... »

V'savez ! Ils sont balèzes hein !

Alors ça, j'y étais : « En football, Nantes-Nice, match nul 6-4... »

Ça veut dire que le match était sans intérêt.

— Comment t'as trouvé le match ?

— Nul. Bof...

« Le tiercé... Si vous avez joué le 8, le 12 et le 8, vous vous êtes trompés, vous avez joué deux fois le 8... »

Bon. Alors, pendant c'temps-là, il y a des filous derrière qui nous fabriquent des centrales, des prisons, des canons pour nous becqueter l'oxygène et les autres avec leurs tronches de premier de la classe, ils se pointent à 8 heures : « Le temps sera nuageux sur la majeure partie de la France... »

Et merde ! Et alors, c'est formidable ce qu'ils se croient honnêtes ! Ils sont sûrs qu'ils disent l'information ! Alors, ils voudraient qu'on soit intelligents et ils nous prennent pour des cons !

Ben, comment on ferait alors ?

(1977)

Sois fainéant ou Conseils à un nourrisson

Paroles de Coluche et musique de Patrick Olivier

À toi l'enfant qui viens de naître
Je dois dire pour être honnête
Que c'est pas en travaillant
Qu'on trouve le bonheur sur terre
J'en veux l'exemple que mon père
Qui vit l'jour de son enterr'ment
Qu'il était l'plus riche du cimetière

Sois fainéant, sois fainéant
Tu vivras content
Sois fainéant, sois fainéant
L'avenir t'attend

Plutôt que d'apprendre à l'école
Baise et collectionne les véroles
La méd'cine fait quelques progrès
Tandis qu'à gagner du bagage
Tu n'aboutis qu'au chômage
Où déjà sont entassés
Ceux qu'ont cru en la société

Sois fainéant, sois fainéant
Tu vivras content
Sois fainéant, sois fainéant
L'avenir t'attend

Moins tu en fais, plus tu l'espères
Plus ta santé déjà précaire
Te libère de ses tourments
Gagner ta vie ne vaut pas l'coup
Attendu que tu l'as déjà
Le boulot y en a pas beaucoup
Faut le laisser à ceux qui aiment ça

Sois fainéant, sois fainéant
Tu vivras content
Sois fainéant, sois fainéant
L'avenir t'attend

Si jamais tu voles un copain
Tu en auras moins de chagrin
Que si tu n'as pas à manger
Et si t'as la main sur le cœur
N'hésite pas à la couper
Tu entendras moins les moqueurs
Si c'est toi qui les as roulés

Sois fainéant, sois fainéant
Tu vivras content
Sois fainéant, sois fainéant
L'avenir t'attend

Si jamais tu voles un couillon
Qui t'envoie tout droit en prison
Dis-toi qu'il est plus mal logé
Car pour payer ta pitance
Tandis que tu f'ras pénitence
Lui qu'est si fier de t'enfermer
Faudra encore qu'il aille bosser

Sois fainéant, sois fainéant
Tu vivras content
Sois fainéant, sois fainéant
L'avenir t'attend

Voilà c'était mon héritage
Comme tu vois j'ai fait mes bagages
Je te laisse avec ta môman
Tu perds rien, j'ai pas l'gros lot
Et tant pis pour toi si je triche
Tu s'ras p't-être un enfant d'salaud
Mais tu s'ras pas un fils de riche

Sois fainéant, sois fainéant
Tu vivras content
Sois fainéant, sois fainéant
L'avenir t'attend.

(1977)

Le clochard analphabète

Hé ! camarade, t'as pas 100 balles ? 100 balles !

Enfoiré va ! Allez ! Va bosser, va ! La France a besoin de toi !

Tu y diras qu'elle m'attende pas, j'vais être en retard aujourd'hui hein ! J'suis peinard, moi. J'ai besoin de rien, hein ! J'habite une petite piaule, là. C'est grand comme un placard, j'ai tout le confort sur le palier. J'suis bien ! Mais j'bosse pas, j'vis de récipients, comme ça. On s'emmerde pas, les flics m'ennuient pas, j'ai mes papiers en bon uniforme. J'suis peinard !

J'habite avec Ahmed, un philosophe arabe. Pauv'garçon ! Il parle pas bien, il a une maladie des boyaux de la tête. C'est ses parents qui l'ont secoué quand il était petit et puis ça s'est mélangé. Maintenant y a un merdier là-dedans ! J'voudrais pas habiter là moi, hein !

Pour vous donner un exemple : l'autre jour je l'ai envoyé faire une course à la Belle Jardinière, il est resté deux plombes parce qu'il voulait parler au Beau Jardinier ! Voyez un peu le genre ?

Alors, dis donc, moi déjà j'suis pas malin, mais

alors lui... Il est analphabète, comme ses pieds, et puis on comprend rien à qu'est-ce qui dit. Il a un accent ! Ah, dis donc ! On pourrait y accrocher son pardessus.

Sans ça, il est sympa. Mais j'habite pas avec lui à cause de l'odeur. Oh le salaud !

L'autre jour, il avait les mains sales, on aurait dit ses pieds, dis donc ! Vous savez, des clochards, j'en ai déjà vu des dégueulasses hein, j'ai vu des mecs qui portaient des vêtements pas propres hein, mais lui, il est porté par ses vêtements !

Sans ça, physiquement, il est agréable. De face on dirait un peu Tabarly, voyez ? Mais de profil, on dirait son bateau quand même. Ah ! Il est peinard, il peut fumer sous la douche hein ! Il est philosophe, Ahmed ! Il a des idées sur tout, il a surtout des idées hein ! Il dit toujours : « Le changement c'est quanque on prendra les Arabes en stop ! »

Il est pas arrivé le pauv'mec, hein ! Ah, nous, on n'est pas des enfants prodigues hein ! On nous a pas inculpé les bonnes manières alors. Ma mère elle me disait toujours : « T'es une andouille toi, t'es la troisième roue du carrosse. »

Eh ben, dis donc, tout le monde peut pas être sorti de la cuisine à Jupiter hein ? La société n'a pas voulu de nous, qu'elle se rassure : on ne veut pas d'elle ! Elle a qu'à nous foutre tranquille, c'est pas nous qu'on irait y mettre des bâtons dans les trous.

L'hiver on ramasse des cartons, on a bien chaud et puis l'été on s'fait emballer par les bleus. Ils nous emmènent à la campagne, pour nettoyer tout ça. Trois mois, y a du boulot hein ! On part en autocar sur l'autoroute, alors on voit les mecs qui partent en vacances. Ils s'arrêtent sur le bord pour bouffer. Alors Ahmed il leur fait : « Bande d'abrutis ! »

Alors ils font : « Merci ! »

On s'fout de leurs gueules hein ! Hé dis donc c'est un prêté pour un vomi. Ou pour un rendu, oh oh ! Et encore vous plaignez pas. Si Ahmed était venu hein. Moi je parle bien français à côté de lui. Lui il dit toujours : « Li français ji li parle très mio q'vous et ji vous merde ! » On n'est pas des lumières. C'est pas comme mon frère. J'ai un frère à la télévision, il a fait toutes les études qu'on peut faire ! Il aurait pu être notaire ou des conneries comme ça, hein ! Finalement il est ingénieur à Grenoble, mais euh... Il me dit plus bonjour hein ! Ah ! il me connaît plus maintenant, il est fier comme s'il avait un bar-tabac pareil. Mais c'est pas un con, faut pas croire !

Quand il était petit il écrivait des poésies vous savez, sur l'amour, les oiseaux, des conneries comme ça quoi, mais bien bien. Un peu le genre Beaudelaine voyez ? Il a eu un accident, j'suis t'allé chez lui. Oh, la vache ! T'arrives là-dedans ça brille. C'est que de la glace et de la dorure, dis donc. Tu croirais la caserne d'Ali Baba, tu vois ? C'est beau là-dedans ! Il doit gagner des sommes gastronomiques lui ! Puis alors, ils ont des grands clébards tout plats, marron avec taches qui se font faire exprès ! C'est des croisements de chiens-loups avec des sarah bernhardt. Un truc comme ça ! Il a eu un accident de cheval. Il avait sauté plus haut que le cheval. Il est retombé après. Il s'est écrasé. Y a un nom. C'est les choses de la vie ! C'est les gesticules ! Mais bien hein ! Jusque-là, hein... Ça lui avait foutu des coliques frénétiques ! Ils étaient drôlement emmerdés. Alors ils z'ont fait venir un savon de Marseille. Le mec a dit : « Faut vous faire opérer des amygdales... »

Alors... Ah ! Il bosse... C'est pas un con, c'est pas comme moi, hein ! Moi, j'suis con, mais le dernier qui m'a vu bosser, il est pas jeune hein !

(1977)

J'suis bien content d'être en France

— Je crois, cher docteur, qu'il s'agit de votre troisième livre ? Vous revenez d'une tournée de conférences dans plusieurs pays du monde, sauf dans le vôtre d'où vous avez été expulsé à cause des événements auxquels on prétend que vous êtes mêlé. On prétend également que certaines de vos théories philosophiques ont été reprises en slogans politiques par les opposants au régime. Alors, docteur, êtes-vous réellement mêlé à la révolution ?

— *El Senior dé l'informazion libré nazionale qué interroga é prégunta si lé gusta Paris, à la tour Eiffel, el vino y tutti quanti. Este alloua a monta tour Iffil... a ce momenta a si pencha par sua deusime itage iji dégobillé mé sa va !*

— Non, il dit que les bruits qui ont couru ne sont pas fondés, qu'il s'agissait en fait d'une tentative de dépopularisation sur sa personne.

— *Si... Dégobillé !*

— Docteur, vous avez passé sept ans dans les prisons de votre pays et on croit savoir qu'elles sont dures. Ce n'est pas pour rien ?

— *El Senior dé l'informazion libré nazionale qué*

J'AI DÉCIDÉ DE CRÉER LES RESTOS DU COEUR POUR DONNER À MANGER À CEUX QUI ONT FAIM.
DE QUOI J'ME MÊLE!
WOLINSKI

interroga é prégunta si va bene el papa, la mama e tutta la famiglia. Si. Va bene si on e tré countente asta loui qui trè countent se parche qué lé p'tite garçon sé attrapé des boutones parcé qué si tripot la bêbête, mé ça va !

— Il dit qu'il n'est pas allé en prison pour un délit, qu'il a choisi de se faire emprisonner de manière à mieux connaître la vie des repris de justice en vue d'une étude qu'il publiera prochainement.

— *Si... lé boutones !*

— Bien, docteur. Pouvez-vous dire quelques mots en français aux téléspectateurs qui suivent attentivement votre carrière et qui, je pense, sont très nombreux derrière leur poste.

— *Heu... Heu... Heu... El Senior dé l'informazion libré nazionale qué interroga é prégunta gusta si il parlare francese !*

— Ah non !

— *E come cilla repetizione Si. Ah si ! Jé souis bien countent d'ître en France. Jé soui bien countent d'ître en France. Jé soui bien countent d'ître en France.*

(1977)

Les Français parlent aux...

... Les Français parlent aux Français.
— Alors, ça va toi ?
— Ben oui ! J'ai le tiercé, j'en ai deux.
— Ah bon, ma tante aussi !
— Ah bon, ben tant mieux !

... Les Français parlent aux Arabes.
— Alors, fainéant, tu vas aller bosser ! Merde, on t'a rien demandé là !

(1977)

On n'a pas eu d'bol

On n'a pas eu d'bol hein !

On arrive en vacances avec ma femme et mon beauf. C'était un port... Pas mon beauf !

Alors on voyait pas la flotte, y avait les bateaux qu'étaient serrés. On s'assied à une terrasse, on a mangé une friture. Je sais pas si c'est d'avoir été ballottés toute la journée dans la bagnole ou quoi...

On a été malades ! Ma femme a dégobillé sur son paletot. Alors j'vais vous dire : le poisson quand c'est pas frais, déjà à manger c'est pas bon hein ! Mais alors à vomir !

Alors après on a t'été z'à la plage. Alors la plage !

Notez l'escroquerie : d'un côté du sable, de l'autre côté de l'eau.

Je vous fais le côté sable, du sable, ordinaire hein ? Jaune ! L'autoroute pour venir, jusque-là hein, et le barbelé du camp de camping... 3,20 mètres avec un mec à chaque coin avec un chien. Sans ça, ils se barrent sans payer ! Mais dedans on peut s'habiller comme on veut, y a pas d'uniforme.

Alors ça, les camps de camping, c'est un truc. J'voudrais pas m'étendre... C'est un truc qui pue,

ATTENDS ! IL SE COUCHE. ATTENDS ! C'EST TRÈS BEAU !
C'EST TRÈS BEAU. ALLEZ, ON SE CASSE !
WOLINSKI

qui coûte cher, où que les gens s'y entassent par plaisir et que si, pour une raison ou pour une autre, demain c'était obligé ils gueuleraient ! Bon, enfin bref !

De l'autre côté, la flotte. Notez l'escroquerie : alors au début il y a des vagues, mais même pas nettes hein, voyez, vagues... Bon, après, y a une rangée de bouées avec des petits fanions et après y a plus rien. C'est une escroquerie !

N'y allez pas pour voir quelque chose, y a rien à voir. De toute façon y aurait quelque chose c'est interdit de dépasser les bouées. Moi j'ai nagé jusque-là. J'ai dépassé les bouées. Au début ils sifflent, après ils tirent ! Je suis rentré. On était pour se casser, y a un vieux qui nous a dit : « Ah ! Mais attendez le soir, le soleil se couche et c'est beau ! »

Bon, alors on a attendu. Effectivement le soir le soleil se couche, c'est beau. Bon allez, on se casse !

— Non ! Attendez : le lendemain, il se lève !

— Ah ! Alors c'est tous les jours ?

On a attendu le lendemain. Effectivement le soleil se lève. C'est très beau. Bon allez, on se casse ! T'achètes deux cartes postales : une du lever, une du coucher. Y a pas de raisons de rester à la queue pour ça ! Quand on a vu ça, on est repartis avec ma petite femme, mon beau-frère. On est montés dans la bagnole. Je devrais dire avec ma femme on est montés dans ma petite voiture hein, parce que, euh, c'est pour ça que j'emmène mon beau-frère. C'est pour la rentrer et la sortir de la bagnole ! Oui... Mais elle est jolie en fait ! C'est vrai qu'on aurait du mal à lui faire des gants dans mon short mais... euh... au moins quand je campe, j'ai pas l'impression de dormir sur la route hein !

Alors on est repartis, et on est partis ! On est partis, bon, on partait.

Ça faisait bien trois litres et demi de pinard que mon beauf dormait quand j'ai demandé à ma femme de me passer la bouteille qu'était sous son siège vu que c'est là que c'est le plus frais. Et surtout vu que ma femme elle a qu'ça à foutre derrière. Encore que ça soit pas non plus très pratique pour elle. Parce que quand on la rentre, il faut quand même pousser, et elle épouse la forme de la lunette arrière voyez ? Puis elle a les baleines de la capote dans le dos, c'est joli mais faut aimer ! C'est un truc, faut être connaisseur.

Ah oui ! Parce que je vous l'avais pas dit, mais ma bagnole c'est une décapotable. Je vous le dis parce que c'est très important... Vous allez voir plus tard. C'est à cause des tonneaux !

Alors nous on roule toujours capote fermée hein, sans ça ma femme si elle est prise au vent, on n'avance plus ! Ou alors c'est à la voile avec son maillot, mais euh, on peut pas aller partout, faut qu'il y ait du vent ! Faut prendre les renseignements la veille, la météo, euh, c'est dans une autre langue, bon... Enfin bref !

Bon, alors on roulait, peinards, quand on est rentrés dans l'autre con là ! Enfin, je dis l'autre con, on peut pas l'accabler non plus hein ! Lui il roulait pas vite, il roulait à droite hein... Bon et puis il est mort ! Et merde ! Les autres nous avaient bien évités jusque-là alors ! On s'habitue aussi. Les gens le savent qu'on roule bourrés quand même ! Alors, sous le choc, on a fait six tonneaux. J'aurais pu faire mieux mais j'étais pas en forme ! Eh ben, je crois que c'est les tonneaux que ma femme n'a pas aimés. Le médecin il me l'a dit ! Il m'a dit : « Ah ! Quand elles ont la tête comme ça, rentrée dans les épaules, c'est qu'elles sont pas contentes ! »

On s'est marrés, mais c'est pas drôle ! C'est les nerfs, c'est les nerfs ! Elle avait tout de cassé ! Quand ils l'ont ramassée, les os sont tombés dans le fond ! Ça faisait un bordel. Elle avait tout de cassé, alors un mec il énumérait à l'hosto : « Les jambes cassées... »

Alors l'autre il écrivait : « Les jambes cassées... »

— ... les bras cassés...

« ... les bras cassés... »

— ... et les côtes...

« ... et les côtes... »

— ... et la tête...

« Alouette ! »

Ah, on s'est marrés ! C'est les nerfs, c'est pas drôle, c'est les nerfs ! Alors comme elle avait tout de cassé, au lieu de lui plâtrer tout, ils ont décidé de la laisser pendre dans le plâtre... Comme ça pour eux, c'est bonnard, ça leur fait un seul voyage ! C'qui fait qu'on sait pas si elle est contente, parce que le plâtre ça crispe ! Remarque elle est pas à plaindre, elle a passé l'hiver au peinard ! Le plâtre c'est chauffé hein !

Alors on a fait six tonneaux puis on est rentrés dans un arbre ! Heureusement qu'y avait un arbre, parce que ça descendait. Si ça s'trouve on ferait encore des tonneaux ! C'est l'arbre que mon beauf a pas aimé lui. La bagnole a explosé... Vous savez, sous le choc... C'était une sport qu'on avait. Vous voyez ? Avec deux portes. Alors, t'as la place du chauffeur, la place du mort, et des deux grands brûlés derrière ! Mon beauf, quand il a vu ça, il est mort sur le coup lui ! Ah ! Dès qu'y a des trucs à payer, c'est pas la peine.

Alors dis donc, quand je dis qu'on a pas eu de bol, j'exagère... Parce que mon beauf est mort. Ma femme est dans le plâtre, dans un état que les médecins ont dit qu'on aura plus vite fait d'apprendre à marcher au plâtre. Et moi, dis donc, j'ai pas eu ça.

C'est du bol hein ?

(1977)

Moi ça va !

Moi ça va ! Ça va moi !

Les autres je sais pas, mais moi ça va ! Les autres je sais pas et puis j'm'en fous ! Chacun se démerde. Chacun s'occupe de soi, on sera bons copains. Moi j'demande rien aux autres, tout ce que je demande, c'est qu'on me demande rien. Sans blague ! Non parce que j'vois l'autre jour, là, devant le magasin, y avait un mec qu'était en panne avec sa bagnole. Il est entré et il m'a dit : « Tiens, m'sieur, vous voulez pas me donner un coup de main, ma bagnole est en panne, mon gosse est malade, ma femme s'est barrée, j'ai pas payé mon loyer... »

Hé ! Ho ! Ho ! *(Il siffle.)* J'veux pas d'ennuis avec la police moi, hein ! Heu, sans blague ! Heu... Hé, j'lui demande pas de venir me t'nir la caisse quand j'ai du monde à la charcuterie, moi !

Parce que j'ai un copain, l'autre jour hé... y avait un vélo qui était tombé, il ramassait le vélo. Le mec il est sorti, il a cru que c'était lui qui l'avait fait tomber. Il lui a cassé la gueule ! Hé, ça va comme ça ! À votre service. Ah non, moi ça va, peinard hein !

Là j'vois avec ma femme on vient de s'acheter

une Simca neuve, peinards. On a mis un grillage derrière pour le chien hein, on n'a pas d'enfants, mais par contre on aime beaucoup les bêtes. On s'est acheté un gros chien roux : Rex. C'est bien un chien policier. Intelligent, et surtout très affectueux, surtout avec Madeleine ! Et puis heu... je vois dans le commerce, on a toujours affaire un peu à tout le monde, alors tout ça, heu... les immigrés tout ça. Alors lui il les repère hein ! On fait des stages avec le chien, à la gendarmerie, on fait des stages. Alors si vous voulez heu, c'est bien, parce qu'en même temps on apprend les langues. On apprend l'allemand pour le chien et puis l'arabe pour le mec ! Non, parce que moi j'entends tout le temps dire : « Ouais, le Français... c'est un gros con raciste ! »

D'abord ceux qui disent ça, c'est pas tous des Français ! Et d'une ! Et puis, d'autre part, je suis allé en vacances en Belgique et en Suisse.

Eh bah... on n'est pas plus cons que certains ! Et pense que le racisme... Moi j'suis pas raciste hein ! J'ai même des disques de Sidney Bechet ! Mais il faut quand même savoir que dans le monde y a 58 millions de Français et y a presque 3 milliards d'étrangers !

Y a qu'à aller voir aux Zœufs Jolympiques hein. Aux Zœufs Jolympiques, on y va pour jouer, eux ils viennent pour gagner. Et ils gagnent ! Regardez au 110 mètres haies, c'était nous les plus forts, y z'ont viré les haies. On a perdu. Salauds !

Je m'énerve pas, Madeleine ! J'explique. Je cause aux gens ! Ah non, moi ça va hein. Changez rien pour moi ! Je suis content d'être français et puis d'autre part j'aime bien être content ! Non, moi je dis ça va parce que je vois tout le temps les gens qui se plaignent : « Ouais heu ! Ouais ! Ouais heu ! Tout ça ! La vie augmente. Le prix de l'essence a doublé. »

Est-ce qu'il y a deux fois moins de bagnoles qui roulent ? Non ! Et puis pourtant on se demande où ils vont ces cons-là le dimanche. On se demande où ils vont ces cons-là !

On se l'demande avec ma femme parce que nous on va chez sa mère. Alors on les voit. Bon heu, on n'y va pas tous les dimanches chez sa mère parce que heu, en période électorale on donne un coup de main aux affiches. Avec René l'boucher. Un ancien d'Algérie aussi, on n'est pas emmerdés hein, il fait 110 kilos. Et puis ça fait prendre l'air au chien ! Parce que je vois, l'autre jour on collait... Y avait des jeunes qui passaient. Y disaient : « Hé, salauds ! Hé, hé, pourris de droite ! » Tout ça...

Je sais pas comment les gens y z'élèvent leurs gosses, mais nous on fait pas de politique hein ! Avec René on fait pas de politique ! On donne un coup de main aux affiches et pis c'est tout, on fait pas de politique hein. On n'est pas de droite. C'est pas vrai, on n'est pas de droite ! Alors hé, encore moins de gauche hein... Faut pas déconner non plus. On fait pas de politique. On fait pas de politique parce qu'on trouve que la France c'est un pays libéral !

C'est un pays libéral parce que, par exemple, si un truc...

Les ouvriers qui sont pour qui veulent le dire contre au gouvernement qu'ils sont pas d'accord eh ben, ils font une demande de manifestation, et ils l'obtiennent !

Voilà, c'est un pays, la France libérale... On peut être en colère, il faut demander gentiment. C'est tout !

Alors évidemment, bon, les manifestations c'est entre la Nation et la République hein. Y vont pas les donner entre l'Étoile et la Muette, c'est là qu'ils habitent hein !

Je m'énerve pas, Madeleine, j'explique aux gens !

Merde ! Alors. Mais il paraît qu'entre la République et la Nation ils ont l'droit. Très, très souvent ! Et alors à Créteil entre la gare et la poste tous les jours s'ils veulent ! Et puis je vois la mauvaise foi des gens. Ça va bien hein !

Tout le monde critique le président de la République tout l'temps, tout l'temps et pourtant c'est pas tout l'temps le même ! C'est bien d'la mauvaise foi ça ! Et puis j'vais vous dire autre chose. Il est très gentil, le président de la République, il est très gentil, parce qu'il nous laisse des libertés, et tout le monde sait très bien que s'il nous les r'tirait, personne ne dirait rien ! Voilà ! Et puis moi si j'étais à sa place, eh ben, je tricherais tous les dimanches pour toucher le quarté... et il le fait pas. Paraît qu'il est très gentil hein. Et puis ceux qui croient que ça s'rait mieux, heu, avec les communistes, ceci cela, eh ben : y z'ont qu'à essayer... Ailleurs y a de la place !

Et puis moi j'vais vous dire : la France comme elle est, hé bah, c'est pas plus mal que si c'était pire !

(1977)

Oh ! Que c'est beau

Paroles de Coluche et musique d'Alain Pellet

C'est toi qu'as le plus beau derrière
Le beau cabinet
Oh ! que c'est beau, c'est beau, c'est beau
Les autres filles ont les beaux yeux
Mais t'as l'derrière le plus gracieux

Si toi y en a r'monter ton pagne
Y en a ma zézette qu'a gonflé
Je m'en vais dans la campagne
Pour la secouer

C'est toi qu'as le plus beau derrière
Le beau cabinet
Oh ! que c'est beau, c'est beau, c'est beau
Les autres filles ont les beaux yeux
Mais t'as l'derrière le plus gracieux

Tu as la crèm'rie abondante
Et encore les copieux jambons
Tu as aussi le gras sur l'ventre
Pour moi couillon

C'EST MOI OU LA CHIENLIT!
cabu

C'est toi qu'as le plus beau derrière
Le beau cabinet
Oh ! que c'est beau, c'est beau, c'est beau
Les autres filles ont les beaux yeux
Mais t'as l'derrière le plus gracieux

Toujours chez moi, l'amour aux îles
Nous deux on se cache et c'est doux
Quand tu seras de ma famille
Baisers partout

C'est toi qu'as le plus beau derrière
Le beau cabinet
Oh ! que c'est beau, c'est beau, c'est beau
Les autres filles ont les beaux yeux
Mais t'as l'derrière le plus gracieux

Y a d'autres filles alentour
Qui pour mon sexe ont du désir
Mais je le garde avec amour
Pour ton plaisir

C'est toi qu'as le plus beau derrière
Le beau cabinet
Oh ! que c'est beau, c'est beau, c'est beau
Les autres filles ont les beaux yeux
Mais t'as l'derrière le plus gracieux

Et quand tu danses la biguine
En penchant ton corps en avant
Par une fente un peu coquine
On voit tes dents

C’est toi qu’as le plus beau derrière
Le beau cabinet
Oh ! que c’est beau, c’est beau, c’est beau
Les autres filles ont les beaux yeux
Mais t’as l’derrière le plus gracieux

(1977)

La bagarre

Euh... Dis donc, machin là ! J'ai rêvé ou t'as bousculé ma femme là ?

Laisse, Madeleine !

Qu'est-ce que t'as ? T'es bigleux ? Tu veux mes lunettes ? Sur la gueule ! Elle est trop petite, t'as pas fait gaffe ! T'as marché d'ssus non ? Comment ? Elle est largement assez grosse ? Ma femme est grosse ?

Laisse, Madeleine !

Alors pour marcher dessus on est sympa, mais alors après pour dire pardon on ferme sa gueule ! Comment ? Excusez-moi, madame ! Ah, ah, ah ! Mais il répond l'effronté ! Mais tu joues avec ta santé là. C'est ta vie que t'as entre tes doigts... T'as vu comment elle s'appelle ça ? Je vais te l'envoyer à travers la gueule, ma parole, si j'te rate, rien qu'avec le vent j't'enrhume là ! Alors !

Qu'est-ce que c'est que ça ? Allez, casse-toi ! Casse-toi, tu fais bien, va ! Moi, un mec y m'aurait dit la moitié d'ça, j'y aurais foutu mon poing dans la gueule, j'y aurais... Le pif comme ça ! T'aurais été obligé de te faire greffer une brouette là !

Laisse, Madeleine !

Il m'énerve çui-là ! T'sais que si tu m'cherches tu vas m'trouver t'à l'heure ! Alors !

Laisse, Madeleine !

Allez, casse-toi. Casse-toi, p'tit mec ! Tu m'énerves là, va-t'en ! Attention, tu marches sur ton short ! J'suis pas grand non plus. Mais ma parole, il insulte ma mère ! T'es fou ou quoi ?

C'est ta vie que t'as entre tes mains là ! J'vais t'rentrer dans la gueule, va vite te faire photographier, tu vas pas te reconnaître après ! J'vais t'envoyer une patate, le nez va t'rentrer dedans ! Il faudra que tu passes la main dedans pour te moucher après ! Hé, qu'est-ce t'as là ? Qu'est-ce que t'as à m'énerver là ? Alors... Tu m'as poussé là ? J'ai pas rêvé ? Tu m'as poussé là ? Alors tu veux me frapper avec tes petits poings ? Ben on va jouer aux osselets après !

Alors hein... Qu'est-ce que t'as ? Ça t'démange ? Mais vas-y, j't'attends... Oh lui eh, il m'a frappé ! Hé j'te préviens, refais jamais ça hein ! T'es con non ? Hé, j'te préviens ! J't'aurais prévenu !

Oh, il m'a frappé ! Jusque-là j'avais été gentil mais maintenant ça y est ! J'ai les abeilles là hein ! Là ça va être ta fête ! J'vais t'plier en quatre, tu vas tenir dans ta poche toi hein !

Madeleine là, tiens-moi là, retiens-moi là. Me lâche pas toi hein !

Oh, qu'est-ce qu'il m'a mis là ! Il m'a frappé ! Et l'autre andouille qui m'tenait là ! Hein ? Imbécile va !

Comment, j'ai frappé une femme ? C'est la mienne. Tu permets, oui ? Rien qu'en nylon, en saloperie de rouge à lèvres, tu sais pour combien j'en ai ?

Oh, la vache ! Là, je vais l'entreprendre là... Ça y est maintenant j'm'occupe de toi ! Ouais, tu t'casses ! Ben tu fais bien, ouais. C'est ça. Casse-toi ! Lâche, va, lâche ! Il a senti que j'étais en forme, il est parti... Imbécile, va ! Grand con, va ! Sportif !

Alors, Madeleine ?

On peut plus sortir dans la rue maintenant ? Il faut que t'excites tout le monde hein ? Qu'est-ce qu'il t'a fait ce mec-là ? Hein ? Il t'a rien demandé. Pourquoi tu l'emmerdes là ?

Alors qu'est-ce que tu as ? Tu te crois belle ou quoi ? T'as pas vu ? Avec la gueule que t'as, tu f'rais un procès à ta mère tu gagnerais du pognon, toi, hein. C'est ça ! T'as raison, appelle-la ta mère va ! Allez... va te plaindre au président de la République pendant que tu y es ! Et si tu le vois, tu y diras qu'y m'rende mon peigne.

(1977)

Mon papa

La politique, c'est comme les politiques qu'on a destiqués ! Je le sais parce que mon papa y travaille dans le gouvernement. Enfin, pas vraiment, mais il est déjà chauffeur d'autobus hein ! Ah, et puis y peut encore monter, hein ! Mais y dit que c'est très dur de monter parce que c'est à l'ancienneté, alors faut attendre que l'plus vieux qui est tout en haut il meure, et on l'remplace par le plus vieux. On déplace tout le monde d'un cran ! Alors il dit que c'est très long.

Moi, quand j's'rai grand, je voudrais être vieux parce que les jeunes on n'arrête pas de les embêter dans la rue. On leur demande toujours leurs papiers, comme si les jeunes y z'avaient moins de papiers que les autres. Et puis on les fouille pour savoir si y z'ont pas de hackique. On s'occupe de leur santé, tout ça. Alors pendant qui z'y sont, y z'ont qu'à aller faire des barrages à la sortie des épiceries pour piquer les vieux qu'ont six litres de vin hein ! Et puis c'est dégueulasse hein ! Parce que ceux qui fument du hackique, ils jettent les mégots, tandis qu'avec les consignes des six premiers litres, on peut en avoir un septième !

Mon papa, lui, y voudrait être chef, mais y arrivera pas hein ? Il picole trop hein ? Il est marrant, hein ? Ma mère, elle dit toujours que rien qu'avec ce qu'il renverse, on pourrait ouvrir un bistrot ! L'autre jour, mon papa en allant au boulot, y tenait pas debout hé ! Son chef lui a dit : « Bé dites donc, heureusement que vous êtes assis pour conduire le bus. »

Son chef, il est bête ! Il est bête son chef ! Il a un képi trop p'tit, ça lui serre la tête. Ça empêche la tête de s'développer ce con de képi. C'est pour ça qu'ils sont bêtes. Il est bête et puis il est tout maigre.

(En chantant :) Et son chef il est tout maigreu !

On dirait deux profils collés hé ! Et puis le képi ça use le dessus de la tête. Quand il l'enlève, on croirait qu'il s'est coiffé avec un pétard ! L'hiver on y dit : « Hé, dites donc, chef. Vous devez avoir froid avec la tête pieds nus ! »

Mon papa, il l'charrie toujours parce qu'il est tout pâle et tout maigre. Alors l'aut'jour, il est arrivé et y lui a dit : « Ah bah, chef, vous avez bonne mine ! Vous avez t'été en vacances dans un lavabo, pfff ! »

Mon papa, j'crois pas qu'y sera jamais chef, mais j'm'en fous, j'l'aime bien mon papa ! Euh... J'm'en fous qu'il soit pas chef, il est marrant. Surtout quand y a du sport à la télé !

Enfin, quand elle marchait hein ! Parce que l'autre jour, y avait un match. La balle est venue vers nous. Il a cru qu'on lui faisait une passe, et il a mis un grand coup de pompe dans la télé, dis donc ! Alors maintenant, quand il y a du sport, on descend dans la bagnole et on r'garde la radio.

(1977)

Le cancer du bras droit

Docteur ! Docteur ! J'viens vous voir, parce que j'ai le cancer du bras droit !

Docteur ! Vous m'reconnaissez ? J'étais déjà venu l'année dernière ! Vous m'aviez donné la grippe ! Oui, j'ai été très content, je l'ai gardée tout l'hiver !

Ah non, mais là, c'est plus grave, docteur, parce que vous voyez, quand j'fais ça... Aïe ! J'peux pas le faire !

Ah non, mais là, ça compte pas, c'est pour vous faire voir ! Eh, docteur... Tant qu'à faire à être malade, j'aimerais mieux avoir un truc qu'on connaît. Qu'on peut soigner quoi ! Où qu'y a des médicaments. J'sais pas moi. Deux le matin, deux le soir et puis des fois une petite cuillère de sirop qu'est très mauvaise, mais qu'on prend quand même, parce qu'on est raisonnables. Alors !

Docteur ? Vous vous y connaissez vous en cancer ? Moi non plus ! C'est pas la grippe, ça, de toute façon ! Ah ben, non ! Merde alors ! J'vais pas passer toute ma vie a avoir des grippes. Merde ! Rien qu'au bureau, j'ai un copain il a des coliques néphrétiques et un autre qui a une petite virale. Hein ? Vérole ?

Oui, peut-être... J'sais pas. Je connais rien, mais, en tout cas, c'est une petite la sienne ! Si, c'est la secrétaire qui me l'a dit. Et le chef, il a un infractus, non, pas ici ! Dans le myocarde. Il en est très content, oui. Ah non, mais il gagne plus que nous hein !

Ah, mais j'demande pas l'impossible ! Ah non ! J'dis pas un gros cancer qu'on meurt avec et tout... ah non ! Un p'tit, peinard. Remboursé par la Sécurité sociale, mais un truc où il faut quand même être courageux !

Ah ben, faut être courageux pour avoir ces trucs-là ! Rien que quand on vous les annonce ! Parce que les médecins, eux ils s'en foutent, ils sont pas malades pour la plupart !

Alors un mec, il s'amène : « Monsieur, il va falloir être fort, très fort. En un mot comme en cent, je n'irai pas par quatre chemins, j'irai droit au but, je vous parlerai franchement, je vais vous parler franchement, je vais pas tarder à vous parler franchement... »

Le mec est déjà mort d'autre chose !

« ... Alors voilà, vous avez le cancer du bras droit, il vous reste huit jours à vivre ! »

Et ça gueule : « Huit mois ça t'écorcherait pas non ? C'est moi qui meurs ! Merde ! Gentiment, non mais ! Huit ans, quand on est malades, ça passe vachement vite eh ! Le client est roi merde ! C'est moi qui paye non ? »

Moi, j'aime mieux ça que le mec qui vient : « Monsieur, il va falloir être fort, très fort. En un mot comme en cent, j'irai pas par quatre chemins, vous avez la grippe espagnole ! »

On a l'air con ! Alors la grippe, on tousse. *(Coluche tousse.)*

Euh, euh ! Excusez-moi, ça m'a échappé. Euhhh ! J'en avais un gros bout là ! La grippe... j'en avais encore... espagnole en plus ! Même pas française ! Hé, vous marrez pas, hein ! On sait pas si c'est français le cancer ! J'me marrerais que ça soit pas français ! Les mecs qui l'ont en feraient une jaunisse !

Hein ? La cirrhose ?

Vous croyez, docteur ? La cirrhose du bras droit ça existe ça ? C'est nouveau, ça vient de sortir ! Non ?

Je sais pas. Je m'étais habitué au cancer surtout. C'est ça quoi ! Et puis ça a plus de classe le cancer ! Quand on vous demande :

— Qu'est-ce que c'est comme maladie ?

— Le cancer !

— Ah ! Je croyais que c'était la cirrhose, bah... ! bah... !

Oui. Remarquez, y a des avantages : la cirrhose, on est sûrs que c'est français au moins ! Bon... ben, j'vais prendre ça ! Non, j'le garde sur moi, je suis content parce que la cirrhose, c'est un truc qu'on peut être malades toute sa vie ça ! Tandis que le cancer, au prix que ça coûte, on n'est même pas sûrs de mourir guéris ! Alors merde !

(1978)

Qui perd, perd...

— Eh bien, nous sommes heureux de recevoir aujourd'hui, monsieur ?

— Monsieur Grimpoire.

— Monsieur Grimpoire. De Paris ?

— Oui, de Paris.

— De Paris même ?

— De Paris, VIe.

— Oui, alors monsieur Grimpoire, vous allez jouer avec nous au « Qui perd, perd... »

— Oui.

— Monsieur Grimpoire, vous connaissez la règle du jeu. Quatre questions : 10 000 francs, 1 000 francs, 100 francs, rien du tout !

— Oui.

— Alors attention, monsieur. Première question, vous êtes prêt ? Quelle est la différence entre un pigeon ? Un pigeon... C'est facile ! Euh... Top chronomètre ! Eh bien, monsieur ? Alors, vous dormiez ?

— Non.

— C'était pourtant facile ! Alors maintenant nous allons passer à la deuxième question. Vous pouvez encore gagner 1 000 francs, je vous le signale. Alors attention ! Quel âge avait Rimbaud ?

— Seize ans !

— Ah non, vingt-sept ! Oui, il avait vingt-sept ans. Oui, ça dépend quand mais il avait vingt-sept ans... ben oui ! Alors attention ! Alors, monsieur, attention ! Troisième question. Vous pouvez encore gagner 100 francs.

— Oui.

— Troisième question, monsieur. Attention cette question contient un piège ! Monsieur, le Russe Ichlakoff a sauté 2,31 mètres. Pouvez-vous dire mieux ?

— Non, euh...

— Attention, monsieur, c'est un piège ! Je vous demande, est-ce que vous pouvez dire mieux ?

— Non. Je ne vois pas, je... malheureusement je ne m'intéresse pas au sport euh, je ne peux pas vous dire mieux hein ! 2,31 mètres. Non, je ne vois pas !

— Monsieur attention ! Top chronomètre, monsieur ! Le mot « mieux » est-ce que vous pouvez dire « mieux », le mot « mieux ». Dites-le...

— Mieux.

— Redites-le mieux.

— Mieux !

— Trop tard ! Oui, il fallait le dire avant !

— Je le savais...

— Ah ben, il fallait le dire avant ! Quand on sait pas, je comprends qu'on le dise pas, mais si vous le saviez, il fallait le dire ! Sont cons alors... Bon, monsieur, quatrième question du « Qui perd, perd... ». À partir de maintenant vous jouez avec votre argent !

Après l'augmentation des salaires, l'entreprise tombe à l'eau. Qu'est-ce qui reste ?

— Pince-moi !

— Eh non, monsieur ! Des chômeurs ! Eh oui, monsieur. Vous avez perdu 100 francs. Ça nous fait plaisir, vous revenez quand vous voulez... Merci et à demain, si vous le voulez bien !

(1978)

Misère

Paroles et musique de Coluche

Misère...

De Jean-Louis Chautard et Gérard Grandjean sur une musique de Pierre Bénichou et Marie Grospierre :

Misère

...

Euh...

Misère est le nom euh qu'un type a donné à son chien parce qu'il est comme lui.

Il l'a trouvé dans la rue si vous voulez et que, euh, il est comme lui, alors il le comprend parce que comme il est dans la rue aussi, euh... il le comprend !

Je me comprends ! Je me comprends...

Des fois on a plus de contacts avec un chien pauvre qu'avec un homme riche ! Plafff ! Dans la gueule.

Ils en prennent plein la gueule, ils s'en rendent pas compte ! J'vais m'tirer. Là-dedans il fait chaud !

...

De Jean-Louis Chautard et Gérard Grandjean

UN IMMENSE ESPOIR POUR LES DAMNÉS DE LA TERRE
COLUCHE
Cabu

sur une musique de Pierre Bénichou et Marie Grospierre :

Misère

...

Euh...

Je vous le dis tout de suite, ma chanson, elle passe pas à la radio et vous la verrez pas non plus à la télévision non, hein ! Je vous le dis tout de suite hein, mais elle s'en fout, elle a quelque chose à dire !

C'est pas comme les chansons qu'on voit à la radio et qu'on entend à la télévision hein ! D'ailleurs que c'est même comme ça qu'on les reconnaît celles qui peuvent passer à la télévision hein ! C'est parce qu'elles ont rien à dire !

Plafff !

Ah, dis donc, qu'est-ce que j'leur mets dans la gueule hein ?

Ils chantent des conneries, des conneries, des conneries... J'm'excuse mais merde ! Mais j'm'excuse hein !

Alors tout ça, la chanson, c'est une industrie parce qu'une poignée d'imbéciles a réussi à être moins conne que le reste. Y a de quoi se vanter, j'vous jure !

Je m'excuse mais merde ! J'm'excuse !

Tout ça pour du fric, du fric, du fric... Voilà ! Et pour manger du caviar à la louche ! C'qui faut être snob hein ? Entre nous... C'est pas meilleur à la louche !

De Jean-Louis Chautard et Gérard Grandjean

sur une musique de Pierre Bénichou et Marie Grospierre :

Misère

Misère, misère...

Quoi ? Qu'est-ce qu'il y a ? De toute façon ça va pas durer hein. Ça va être interdit la vente forcée comme ils font là ! Parce que si on vous passe des conneries, des conneries toute la journée, vous finissez par les acheter hein ! Vous n'êtes pas raisonnables non plus ! Quand on pense qu'il suffirait que les gens ne les achètent pas pour que ça ne se vende pas !

Hé... de toute façon ça va changer le métier !

Parce que y a pas que dans la chanson que c'est comme ça !

Dans le cinéma c'est pareil ! Moi, j'ai un copain, il fait un court métrage sur les chiens d'aveugle. Eh ben, les producteurs en voulaient pas. Sous prétexte que les aveugles vont pas au cinéma ! Merde alors !

Il était très bien son film hein ! Moi j'l'ai vu ! Moi ça m'intéresse pas vu que je suis ni chien ni aveugle mais quand même ! Il était très bien !

Alors maintenant si les gens ne s'intéressent plus aux choses qui intéressent pas les gens sous prétexte que ça les intéresse pas !

Où on va alors ?

Quelle misère !

Misère

De Jean-Louis Chautard et Gérard Grandjean sur une musique de Pierre Bénichou et Marie Grospierre.

Misère, misère !
C'est toujours sur les pauvres gens
Que tu t'acharnes obstinément
Misère, misère !
Ça s'ra donc toujours
Les salauds qui nous boufferont
L'caviar sur le dos
Misère, misère !
Tu te fais l'ennemie des petits
Tu te fais l'alliée des pourris
L'argent ne fait pas le bonheur des pauvres
Ce qui est la moindre des choses
Convenons-en
Convenons-en !
Misère, misère !

Peut-être qu'un jour ton président
Sentant monter notre colère
Misère, misère !
Devant les peuples sans frontières
Alors il s'en mordra les dents
Misère, misère !
Tu repartiras d'où tu viens
En emportant tous tes chagrins
Et j'te...
L'argent fera bien le bonheur des pauvres
C'qui sera la moindre des choses
Convenons-en
Convenons-en !

Et voilà !
C'est pas d'la merde ça ? Hein ! De toute façon, ça

va pas durer, hein ! Parce que le métier est en train de changer là ! Alors dans la maison de disques, ils sont pas dingues ! Ils sont pas dingues, ils ont senti ça ! Le goût du public change, alors eux, hop !

Qu'est-ce qu'ils font tout de suite ? Ils envoient les mecs dans les caves, comme ça, dans les p'tits trucs, dans les p'tits cabarets, dans les cafés-théâtres, où y a des mecs qui chantent des chansons intéressantes, par exemple... je sais pas... des chansons... je sais pas, par exemple comme *Misère*. Oui, c'est ça, y a quelqu'un qui connaît. Ça m'fait plaisir, ça m'fait plaisir, merci, monsieur !

Alors, sans blague ! Alors, ils le sentent ça et ils ont envoyé des mecs partout. Y en a qui sont partis, hein ? Y en a même qui vont venir là ! Il va venir là le mec, c'est sûr. Qu'est-ce qui fout, alors, le mec ? Il s'est paumé, ou quoi ?

C'est fléché depuis la porte d'Orléans, je comprends pas ! Et on va me laisser crever dans une cave humide ? Parce que moi j'écris une connerie et je gagne l'Eurovision ! Et alors ! Sans blague !

Moi j't'écris : « Un bateau qui s'en va... ce sont des choses qui arrivent. »

Et alors ! Et ça marcherait ça. Et puis, de toute façon, si ça marche pas, je ferai pire ! Moi, si on m'emmerde, à partir de demain j'suis libanais ! Je me fait appeler Stéphane Maréchal, je me laisse pousser les Ray-Ban et tout... Attention ! Avec une vieille veste à carreaux, tu tailles les bords pour que ce soit rond là.

Tiens, fais-moi un *la* mineur, là, un truc triste ! Voilà ! Alors tu m'fais... vas-y, envoie l'intro...

« Et voici Stéphane Maréchal », tu dis alors. Vas-y, tu vas voir.

Et voici *Stéphane Maréchal*. Voilà, tu vas voir.

(1978)

Stéphane Maréchal

Paroles de Coluche et musique de Patrick Olivier

Adossé à un arbre... *(Chœurs.) À un arbre*
Je jette des cailloux dans l'eau
Mes souvenirs s'attardent... *(Chœurs.)*
Ils s'attardent
Dans l'espoir de te revoir bientôt
Je suis seul et pourtant
Je vois ton visage
Qui s'envole là-bas comme un nuage
Oh ! Oh ! yé
C'est la fin des vacances... *(Chœurs.) Des vacances*
On a rangé les pédalos
Notre amour d'enfance... *(Chœurs.) Eu d'enfance*
N'était qu'un coup d'épée dans l'eau
Mes copains sont partis.
Tenant les bras des filles
Moi je n'ai pour ami que l'ennui
Adossé face au monde... *(Chœurs.) Face au monde*
Je jette des cailloux dans l'eau
Mes pensées vagabondent... *(Chœurs.)*
Vagabondent

Je répète ton nom... *(Chœurs.) Monique, Monique*
Plus rien n'a d'importance
Que nous et notre amour
Souvenirs en partance
Vers toujours.

(1978)

Le poème

COLUCHE – Amis de la poésie, bonsoir ! Le poème que j'ai choisi de lire devant vous ce soir est de Marguerite Edmonde Valmore et s'intitule *Je ne sais plus. (Les musiciens attaquent une musique genre free jazz. Il se retourne vers eux.)*

Messieurs, c'est pour un poème. Alors j'aimerais une musique douce, plus douce.

UN MUSICIEN – Tu veux un truc mielleux ?

COLUCHE – Non, pas mielleux, mais dans les pastels. Dans les mauves !

UN MUSICIEN – Mauve, guimauve, c'est mielleux, c'est pareil !

COLUCHE – Ah bon, d'accord... *(Au public :)* Excusez-les !

(La musique reprend, très douce.)

Qui suis-je, où vais-je, dans quel état j'erre ?
Je ne sais pas pourquoi je t'aime
Je ne sais pas ce qui me pousse vers toi
Je ne sais pas pourquoi quand je te vois
Mon cœur s'évanouit à ta vue
Je ne sais pas pourquoi quand tu es près de moi

Un immense bonheur m'envahit et me pénètre
(Les musiciens rient fort.)

Mais je ne sais pas non plus pourquoi
Le soleil se lève et se couche
Et je ne sais pas pourquoi les arbres
S'envolent et se reposent
Et je ne sais pas pourquoi les oiseaux
Refleurissent au printemps

UN MUSICIEN – Eh ! Tu t'es gouré là, c'est le contraire !

COLUCHE – Mais non, vous pouvez pas comprendre, c'est des images poétiques.

UN MUSICIEN – Peut-être, mais tu t'es gouré. C'est les arbres qui refleurissent.

COLUCHE – Mais non, c'est comme ça. C'est écrit comme ça !

UN MUSICIEN – C'est eux qui se sont gourés alors.

COLUCHE – Non, non, ils ont fait exprès !

UN MUSICIEN – Ils ont fait exprès de se gourer alors ?

COLUCHE – Non, non ! On reprend à « ... rissent au printemps ».

Na, na, na, na, na, na... rissent au printemps
Je ne sais pas pourquoi la pluie
Je ne sais pas pourquoi le vent
Je ne sais plus ton âge
Je ne sais plus ton nom
Je ne sais plus, je ne sais plus, je ne sais plus, je ne sais plus.

(Il s'arrête, ne se souvenant plus du texte.)

LES MUSICIENS – Alors ? C'est pas possible ! Il le sait pas !

COLUCHE – C'est de votre faute, j'avais tout bon aux « oiseaux ». C'est vous qui m'avez fait gourer... On reprend aux « ... oiseaux ».

(Les musiciens imitent des chants d'oiseaux.)

Écoutez, arrêtez, les gens payent ! *(Puis, parlant à un musicien.)* Qu'est-ce que tu fais toi comme oiseau ?

LE MUSICIEN – Ben, un canard !

COLUCHE – Un canard, tu fais un canard ! Un canard c'est pas un oiseau, un canard... (Il bouge les bras comme des ailes.) Si, peut-être. On reprend.

Je ne sais pas pourquoi la pluie
Je ne sais pas pourquoi le vent
Je ne sais plus ton âge
Je ne sais plus ton nom
Je ne sais plus, je ne sais plus, je ne sais plus, je ne sais plus... *(Il s'arrête de nouveau.)*

LES MUSICIENS – C'est pas possible ! À quelle heure il va nous faire rentrer ?

COLUCHE – C'est de votre faute. Vous la savez, vous, la suite ?

UN MUSICIEN – Oh facile ! Nous on fait la musique.

(Au pianiste.) Tu la sais, toi, la suite ?

LE PIANISTE – Non, je fais le piano !

COLUCHE – Le piano, j'fais le piano, j'fais le canard. Le piano, le canard ! Saltimbanque !

Un musicien – Alcoolique !

Coluche – Tu vas voir ta gueule en coulisse ! *(Au public :)* Excusez-les...

(Il reprend, s'arrête de nouveau, puis dit au public :) Excusez-moi je ne sais plus.

Un musicien – Oui, ben quand on sait pas, on ferme sa gueule !

(1978)

La publicité

La publicité à la télévision, ça s'adresse uniquement aux débiles mentaux. J'le dis parce que si y en a parmi vous, ça s'adresse à eux... Les autres, circulez, y a rien à voir ! Allez hop !

Ben, y en a beaucoup qui restent hein ! C'est sympa, on se sent moins seul...

Alors, la publicité à la télévision par exemple vous avez, surtout c'est pour les lessives. Je sais pas, on doit en manger parce que y nous z'en vendent ! Heu... Ouh ! là, là !

Alors par exemple vous avez :

— Madame, je vois que vous achetez un baril d'Ariel, si j'vous l'reprends et que je vous en donne deux où y a rien d'écrit ?

— Oh ben non alors !

Heu, heu ! Vous voyez, il faut vraiment être con pour pas prendre deux barils à la place d'un ! Hé, vous imaginez la bonne femme qui dirait :

— Ah ben merci, vieux ! Salut hein ! Allez hop là.

— Allez, revenez, ça va pas. Coupez ! On va la refaire, c'est pas bon...

HIER
AUJOURD'HUI
Cabu

Et puis qu'est-ce que vous avez aussi ? Vous avez le nouvel Omo.

Ah ! Il est bien le nouvel Omo ! C'est celui qui lave encore plus blanc ! Moi, j'avais l'ancien Omo qui lavait plus blanc et il lavait déjà bien hein !

Mais maintenant il y a le nouvel Omo qui lave encore plus blanc !

Moi j'ose plus changer de lessive, j'ai peur que ça devienne transparent après ! J'ai déjà l'air con avec des rayures, hein ? Ils rigolent en plus ! Bon. Parce que j'suis allé voir M. Omo et j'y ai dit : « Dites donc, je m'excuse de vous déranger pendant le repas... » Parce qu'il était à table avec des enzymes à lui... Alors il était là... J'y ai dit :

— Je m'excuse de vous déranger, monsieur Omo... Le nouvel Omo, est-ce qu'il lave plus blanc que l'ancien Omo ?

— Heu... Il lave plus blanc, le nouvel Omo !

— Mais l'ancien Omo, il lave... moins blanc alors ?

— Non, l'ancien Omo, il lave... blanc !

— Ah bon... Parce que moi, heu, blanc, je sais ce que c'est comme couleur, c'est blanc. Moins blanc que blanc, je m'doute, ça doit être gris clair ! Mais plus blanc que blanc j'vois pas... Qu'est-ce que c'est comme couleur ?

— C'est nouveau, ça vient de sortir !

— Ah bon, on peut pas discuter alors ?...

Bon. C'est pas là, c'est pas là, attends ! Hé, alors... Le nouvel Omo c'est celui qui lave la tache qui est cachée dans le nœud du torchon ! Vous avez vu ça à la télévision ? Y a le torchon.

C'est deux gonzesses qui font la publicité, complètement abruties ! Y en a une, elle sait même pas qu'il y a un nouvel Omo ! Heu... l'autre, elle dit : « Ben dis donc ! T'en as fait une grosse tache sur ton torchon. »

Elle est triste la gonzesse, elle a vu la grosse tache ! Et l'autre elle est toute gaîte, elle dit : « Ah ! Ouaf, ouaf ! »

Elle est toute gaîte, alors elle dit : « Bon, ça fait rien avec mon nouvel Omo ! »

Alors l'autre elle sait même pas que ça existe le nouvel Omo !

« Y a un nouvel Omo-i-i-i ? »

Alors l'autre : « Ben oui, hé con. »

Et alors elle dit : « Regarde bien avec le nouvel Omo. Tu vois la grosse tache sur le torchon ? Je fais un nœud. Tac... et plus la tache ! » Et l'autre elle est sciée ! Le nouvel Omo, ça lave la tache qui est cachée dans le nœud du torchon. Main il est bien le torchon après. Il est propre. Il est aussi propre qu'avec l'ancien Omo sans faire le nœud. C'est plus long, faut faire les nœuds !

D'ailleurs, celui qui a 5 kilos de linge, il fait les nœuds le lundi, il fait la lessive le mardi et puis après il a toute la semaine pour défaire les nœuds. Parce que les nœuds qui ont tété dans l'eau, bonjour hein !

Qu'est-ce qu'il y a encore comme lessive ? Y a Persil antiredéposition ! Ah, voilà une lessive qu'elle est bonne ! Et pourqoi qu'elle est meilleure que les autres, s'il vous plaît ?

Eh bien parce que c'est écrit dessus. C'est parce qu'elle est an-ti-re-dé-po-si-tion !

Y en a six qui suivent. Cest intéressant hein ?

Bon. Eh oui, monsieur !

C'est écrit dessus qu'elle est meilleure que les autres comme lessive Persil, parce qu'elle est anti-redéposition ! Je pose une question maintenant... Je pose une question. Qu'est-ce qu'elles font les autres lessives ?

Hein, qu'est-ce qu'elles font les autres lessives ?

J'attends... Les autres lessives, elles soulèvent la crasse qu'y a dans les fibres, elles lavent la crasse qu'y a dans les fibres et après qu'est-ce qu'elle devient la crasse propre ?

Elle se *redépose* dans les fibres, on vous l'a dit et répété ! Tandis qu'avec Persil antiredéposition non ! Persil antiredéposition soulève la crasse qu'est dans les fibres, elle lave la crasse qu'est dans les fibres et après elle la retient avec ses petits bras musclés tandis qu'avec le pied elle tape dans la machine : « Enlevez le linge, je retiens la crasse. »

Alors la Mère Denis arrive sur sa tornade blanche en poussant son cri : « Mèère Deniiis ! »

Ah non, ça c'est Gueule de Rak. J'les confonds toutes les deux moi ! Bon... Elle arrive, elle retire le linge et la crasse s'en va dans l'égout avec la couleur puisque justement c'est de là que vient l'expression bien connue... On ne souffle pas !

« Les goûts et les couleurs ! » Merci quand même !

Bon. Alors voilà. Qu'est-ce qu'y a encore ? Ah ! Ah oui ! Y a des fois, y a des publicités formidables.

À la télévision, il y a ce qu'on appelle les classiques de la publicité audiovisuelle.

Alors vous avez : « Vivagel bien sûr ! » De Jacqueline Muette. Une ancienne speakerine... Ça les esquinte hein ? Elle arrive, elle est assise sur sa petite chaise : « Avant votre émission préférée faites un poisson surgelé... Viiivagel bien sûr ! »

Ça fout les moules !

J'en ai acheté pour voir. C'est des poissons carrés avec les yeux dans les coins. Vous enlevez la tête et la queue, il reste un bouillon de cube et de la sciure !

Bon. Qu'est-ce qu'y a encore ? C'est fini on se calme !

Ah ! Y a les contrepèteries qui sont très bien. Par exemple vous avez : « Mammouth écrase les prix » qui vous fait dans l'autre sens « Mamie écrase les prouts ».

Eh oui, madame ! Vous avez trouvé ! C'est encore un militaire qui gagne une tringle à rideaux !

Heu ! Qu'est-ce qu'y a encore ? Ah ! Y a ce qu'on appelle aussi, à la télévision, les campagnes jumelées.

Pendant trois semaines, ils font les dragées Fuca...

Les dragées Fuca... Voyez ? Chlafff ! Faut les prendre par deux. Ça fait : un, deux, trois ! Chlafff !

Les dragées Fuca c'est un peu comme les Bisons Futés, c'est pour éliminer les bouchons, mais les Bisons Futés c'est sur les routes, les dragées Fuca c'est dans les chiottes quoi !

Alors, pendant trois semaines, ils font les

dragées Fuca. Chlafff ! Chlafff ! Deux le matin, rien le soir.

— Pardon, monsieur, la pharmacie siou plaît ?

— Suivez la ligne jaune !

Et après, pendant trois semaines, ils font Ajax WC qui nettoie tout, du sol au plafond !

C'est pour le cas où qui y en aurait qui atteindraient le plafond, voyez. Parce que des fois, on n'a pas le temps de s'asseoir avec les dragées ! Celui qui rentre dans les chiottes, chlafff ! Chlafff ! Entièrement moucheté... C'est pour ça qu'y a des verrous dans les chiottes !

Je m'disais : pourquoi qu'ils mettent des verrous dans les chiottes ? De toute façon, le mec qui est dedans y va pas sortir hein ? En général il est venu de son plein gré... exprès tout seul...

C'est pour éviter qu'il y en ait un autre qui rentre et qui a pris les dragées Fuca... Chlafff ! Et qui vient pour la deuxième couche. Et alors : « Merde. Y a quelqu'un ! Merde ! »

C'est salaud. *(Coluche s'adresse à une personne dans le public...)* Ça y est ? Respirez par le nez, madame, on vous envoie le SAMU.

Bon, alors. Heu, qu'est-ce qu'il y a encore ?

Ah ! Y en a deux, formidables, qui passent après le journal télévisé, quand on mange. C'est après le docteur Gicquel... Docteur Gicquel il arrive. Toute la misère du monde ! Il a dû être mazouté avec les autres oiseaux là-haut hein ? Dans les dégazages.

Quand y a un avion qui s'écrase dans le monde, c'est sur les pompes à Roger Gicquel !

C'est toujours des informations épouvantables : « Un chien a mordu une vieille dame... »

Vous vous rendez compte de la vie de ces pauvres bêtes : être obligées de manger des vieux ! Tout ça... Une horreur !

Alors, juste après quand on est à table y a deux nouvelles pubs : Y en a une c'est pour les semelles qui absorbent les odeurs.

— Mon mari puait des pieds, les chaussettes collaient dans le fond, tout ça !

— Tu veux encore du jambon pour finir ta purée ?

— Non, ça va, merci !

Et y en a une autre c'est le tampon qui s'écarte tout seul dans le bocal. Dégueulasse !

Et y a des mecs qui écrivent pour avoir l'adresse du bocal ! C'est une horreur !

Bon ! Qu'est-ce qu'y a encore ? Ah oui ! Dans les lessives, alors là vous pouvez vérifier.

C'est écrit sur le paquet, vous avez par exemple Gamma, la lessive poids lourd... pour laver les camions.

Vous avez Calgon. C'est la lessive qui lave l'eau avant de laver le linge, pour le cas où qui y aurait des cons qui laveraient leur linge à l'eau sale ! Voyez ?

Et puis vous avez Bonusque qui lave aussi propre à l'envers qu'à l'endroit, parce que avant la lessive elle était con ! Elle lavait le devant et puis elle se barrait ! C'est terminé ! Maintenant les enzymes y font le tour : « V'nez voir, y a encore à becqueter derrière ! »

C'est Bonusque hein ! À pas confondre avec Guy Nusque, hein. Non ! Parce que c'est en paquet aussi... mais faut amener son cadeau hein !

(1979)

Tous les chemins mènent à Rome

(Coluche parle en bégayant fortement...)

COLUCHE – Hé, dis donc, on a eu du bol hein ?

1er MUSICIEN – Ah oui !

COLUCHE – Alors, heu, alors, il aurait pu pleuvoir ! Con comme il est !

1er MUSICIEN – Dis, t'étais pas là dimanche, t'es pas venu !

COLUCHE – Ah non ! Dimanche j'ai été à Rome !

LES MUSICIENS – À Rome ?

COLUCHE – À Rome ! À Rome !

1er MUSICIEN – Pour quoi foutre ?

COLUCHE – Hein ? Pour heu... à rien foutre... Non mais heu... Je m'ai... étais gouré de chemin.

2e MUSICIEN – Tu t'es gouré de chemin !

COLUCHE – Ouais. Je... je croyais que, je euh, venai... ais là ! Et alors, leu... curs co... conn... conneries que tous les che... eu... mins mènent à Rome, je me suis retrouvé à Rome !

3e MUSICIEN – Remarque, pour y aller c'est pratique...

COLUCHE – Ben oui, pour y aller oui, mais, pour revenir, c'est pas pratique hein !

3e MUSICIEN – Pourquoi ?

COLUCHE – Parce que alors, ah si, ah si, tous les...

1er MUSICIEN – Waaahhh ! *(Pour lui faire peur.)*

COLUCHE – Alors si tous les chemins mènent à Rome, euh, tous les, euh, tous les, euh, tous les, hé, reviennent de Rome ! Alors pour trouver celui qui vient là, c'est le bo...

4e MUSICIEN – ... bocal ?

COLUCHE – Le bocal ! Non, non ! Le bocal, le bo...

3e MUSICIEN – Le bordel ?

COLUCHE – Le bordel oui oui ! En plus c'est mal indiqué, ils pou...

4e MUSICIEN – Ils poussent...

COLUCHE – Ils poussent... non ! Ah non... ils pou...

3e MUSICIEN – Poulidor ?

COLUCHE – Poulidor non plus ! Ils pourraient mettre des pancartes ! Alors en plus, tu demandes ton chemin là-bas, ils... ils parlent français comme des vaches qui pissent !

1er MUSICIEN – Ah non non ! On dit pas comme ça, on dit : « Ils parlent français comme une vache espagnole. »

COLUCHE – Ah oui, les Italiens alors !

1er MUSICIEN – Oui, oui, ils parlent français comme des vaches espagnoles.

COLUCHE – Marcel Pagnol.

2e MUSICIEN – Non, non, hé attendez la phrase, c'est : « Il pleut comme vache qui pisse. »

COLUCHE – Ah bon ! Il y a deux vaches alors ?

Ou alors, il y a une vache qui sert deux fois peut-être ? Une pour quand il pleut et une quand ils parlent.

2e MUSICIEN – Enfin y a une phrase c'est : « Il pleut comme vache qui pisse. »

COLUCHE – Il pleut comme vache qui pisse. Ah oui, peut-être ! Mais alors comment ils parlent français alors ?

3e MUSICIEN – Ben, ils parlent français comme une Basque espagnole ! Voilà !

COLUCHE – Qui à Marcel Pagnol ?

TOUS – Non !

COLUCHE – Ah non, un copain à toi. Ah oui, j'avais un copain moi qui parlait comme ça. Il disait... eh ben, il était en, en... en...

1er MUSICIEN – Un petit navire ?

COLUCHE – Il était un petit navire... Non, non, il était embêté ! Il était embêté, oui. Il était embêté, oui, c'est ça.

1er MUSICIEN – Hé, la phrase que toi tu as dite tout à l'heure c'est : « Ils parlent français comme une vache espagnole. »

COLUCHE – Que moi ? Ah, j'ai dit... ah bon. Non, non, moi j'ai dit ils parlent français comme des vaches qui pissent ! J'ai pas dit il pleut comme Marcel Pagnol ! Il est bête hein ? Il m'é... il m'é... mé...

1er MUSICIEN – Mes grands-parents ?

COLUCHE – Mémé ? Ah non ! Il m'é... mé...

2e MUSICIEN – Il m'énerve ?

COLUCHE – Il m'énerve aussi oui ! Il mérite des claques !

4e MUSICIEN – Hé, s'il mérite des claques, il faut lui donner sans ça c'est pas juste !

COLUCHE – Ah oui, t'as raison. C'est à lui, eh ben c'est à lui les claques ! T'as qu'à lui donner une claque, je te la rendrai.

4e MUSICIEN – Hé, non non ! Hé, j'te connais, après tu vas pas me la rendre !

COLUCHE – Oh dis hé ! Euh lui hé ! Il est près de ses claques hein !

4e MUSICIEN – Hé, de toute façon, donner, c'est donner.

3e MUSICIEN – Et reprendre c'est voler !

COLUCHE – Qu'est-ce que tu dis, toi ?

3e MUSICIEN– Moi, je dis reprendre c'est voler.

COLUCHE – Ah bon. Et lui ?

4e MUSICIEN – Moi, je dis donner, c'est donner !

COLUCHE – Ah bon. Lui il a bon. Toi t'as faux, toi. Reprendre c'est pas voler !

3e MUSICIEN – Eh ben, c'est quoi alors ?

COLUCHE – C'est reprendre ! Il s'est gouré, c'est pas voler !

1er MUSICIEN – Tiens, ça y est ! Je me rappelle comment on dit, c'est : « Il pleut comme vache qui plisse. »

TOUS – Hé, il va pas la fermer sa gueule non !

COLUCHE – Hé, on s'en fout. Hé, on s'en fout avec mes potes hein ! Alors, comment tu dis ?

1er MUSICIEN – Comme vache qui plisse.

COLUCHE – Ah bon ! Et puis alors ils parlent français comme des bâches espagnoles ! Oui, oui, oui !

1er MUSICIEN – Hé qui t'a parlé de boche là ?

TOUS – Il a pas dit ça !

COLUCHE – J'ai pas dit ça moi !

1er MUSICIEN – Il a pas dit ça, il a pas dit ça ! Alors vas-y, dis que c'est moi qui l'ai dit !

COLUCHE – Hé, si tu veux !

1er MUSICIEN – Ben vas-y !

COLUCHE – C'est toi qui l'as dit.

1er MUSICIEN – Et alors ?

COLUCHE – Ben alors ?

1er MUSICIEN – Et alors ?

COLUCHE – Ben alors...

1er MUSICIEN – Et alors ?

COLUCHE – Ben alors quoi ?

1er MUSICIEN – Alors rien.

COLUCHE – Ah bon ! Ben alors ?

4e MUSICIEN – Hé, faut pas faire attention. En ce moment il est pas bien lui !

COLUCHE – Hé, t'es malade ?

1er MUSICIEN – Hé, rigolez pas hein, j'suis malade en ce moment !

(Tous se lèvent et font mine de partir.)

1er MUSICIEN – Hé, ho, revenez les mecs, ça s'attrape pas !

COLUCHE – Ah oui ? Ah ça s'attrape pas hein ? Alors comment tu l'as attrapé toi ?

1er MUSICIEN – Écoute, euh, je l'ai attrapé par hasard !

3e MUSICIEN – Ben le hasard y fait bien les choses hein !

COLUCHE – C'est le hasard ! Ah oui, il fait bien les choses, ah bon ! Ben t'as pas dû être fait par hasard, toi, s'il fait bien les choses.

1er MUSICIEN – Et pourquoi ?

COLUCHE – Hein ? T'es con tiens ! J'en... J'en sais des meilleures mais c'est pas ce que je voulais dire ! Jean-Sébastien Bach il écrivait beaucoup pour les enfants... C'est salaud ça hein ? Alors nous on les venge maintenant ! Celui qui reconnaît ce qu'on joue, il gagne rien ! Vous y êtes ?

TOUS – Ouais !

COLUCHE – Moi aussi alors... Qui c'est qui commence ? Ah, c'est moi ? Ah bon ! Ah, je m'disais aussi, alors ils commencent pas ces cons-là ?

(Musique.)

COLUCHE – Oui, eh ben, c'est bien fait pour sa gueule hein !

(1978)

Le syndicat : le délégué

Y en a qui s'emmerdent avec du pognon, hein ? J'l'ai entendu dire moi !

Y a des mecs bourrés de pognon... ils s'emmerdent hein ! Nous on s'emmerde pas, mais on n'en a pas... on s'fait pas chier ! Moi j'ai trouvé une combine maint'nant. Euh... j'achète à crédit alors, euh, c'est retenu sur ma paye. Y a des fins de mois je touche tellement peu que j'sais pas si je bosse ! C'est bonnard !

Par exemple là, euh... je viens de m'acheter une maison de campagne au bord de la mer !

Ça s'appelle comme ça, je m'excuse ! Je l'ai achetée à crédit, enfin à côté de crédit... pas loin !

C'est une maison de campagne en Normandie parce que c'est là que c'est le moins cher en bord de mer. Enfin, c'est pas là qu'il fait le plus beau mais enfin c'est beau déjà ! Et pis on a beaucoup exagéré avec le climat de la Normandie hein !

Moi je vois, j'y suis allé trois fois cet été, il a pas neigé une seule fois. Et puis... euh... le climat est très sain pour celui qui supporte les bottes en caoutchouc. Et puis le mec qu'est copain avec une grenouille il l'emmène, elle est contente ! Non ! Évidemment ! En Normandie il pleut un petit peu, mais en France, il pleut partout un petit peu. En Normandie il pleut un petit peu partout... bon ! Alors moi j'ai acheté une maison Grelin. J'ai pris un crédit personnalisé à long terme : « Ta la la... Grelin... Ta lala... »

Crédit parce que chez Mer... euh Grelin, chez Grelin, c'est le crédit qu'est cher, pas la maison hein ! Chez Grelin c'est le crédit qu'est cher ! Parce que quand on voit la maison on se dit :

— C'est pas vrai ? Ça a pas coûté ce prix-là.

— Non, non, c'est le crédit qu'est cher.

— Ah bon, tu m'as fait peur !

D'ailleurs la preuve, c'est quand on a fini de payer si on pouvait vendre le crédit, on se ferait plus de pognon qu'en vendant la maison hein !

Bon, alors j'ai pris un crédit personnalisé à long terme.

Personnalisé, c'est chacun le sien. À long terme, ça veut dire que c'est un prêt, si vous voulez, mais de loin... À long terme, ça veut dire que moins tu peux payer, plus tu payes. C'est-à-dire... euh non, c'est pas ça !

La formule exacte de Grelin Grelin c'est exactement la formule exacte : « Pendant le crédit tu répares c'qui s'écroule et au bout de quinze ans les ruines sont à toi. »

Bon alors... euh... Alors déjà dans la vie, peinard et alors au boulot maintenant j'suis syndiqué.

Je suis t'a FO, Force ouvrière. Gardez vos forces aux ouvriers ! FO, c'est le mien comme syndicat.

« FO voilà un syndicat qu'il est beau ! FO, le syndicat qu'il vous faut ! »

C'est un syndicat qu'est très bien parce qu'il est le plus petit. Je vois là mon usine, on est sept. C'est le plus petit, comme syndicat c'est le plus petit. Alors il est un peu sur la corde raide.

Si il penche trop du côté des ouvriers, les patrons payent plus.

Et puis si il penche trop du côté des patrons, ça va finir par se voir ! Vu que c'est eux qui payent et c'est pas ça le but de la manœuvre !

Bon, vous comprenez, les syndicats y sont un peu dans une situation délicate ! Des fois j'entends des ouvriers qui disent : « Oh, mais tout ça, les syndicats sont complices ! »

C'est pas vrai ! Pas tous ! La plupart, mais pas tous !

Parce que par exemple, prenez le problème : en France, vous avez 20 millions de travailleurs, je compte les chômeurs hein, sans quoi ça f'rait moins... 20 millions de travailleurs et il y a 2 millions de syndiqués, les chômeurs d'ailleurs !

Bon ! Alors, c'est pas compliqué. Vous allez faire faire la grève à 18 millions de mecs pas inscrits... C'est pas un problème ça ! Leur faire reprendre le boulot quand les revendications n'ont pas abouti... C'est plus dur !

Parce que en 68 les ouvriers de chez Renault ils z'avaient dit à Séguy : « Eh ben, les accords de Grenelle vous avez qu'à vous les tailler en pointe avec, hé ! »

Alors lui il peut pas ! C'est un homme, il est tout

rouge, il a autre chose... Ou alors il se maquille avec un gant de crin... Bon ! Alors moi je suis délégué syndical, moi !

À mon usine, j'arrive le matin : « Camarades, nous étudierons aujourd'hui la contestation syndicale face au grand capital ! Camarades, la contestation syndicale est née du capital, elle est engendrée par le capital. Le capital est donc plus important que la contestation car la contestation... ne vit pas de ce qu'elle conteste ! Alors le capital vit de sa contestation ! »

Je vais vous rassurer tout de suite : les autres ne comprennent pas non plus ! Mais au moins ça fait plaisir aux mecs de savoir qu'ils sont compris par des mecs qui comprennent des trucs qu'on comprend pas.

Parce qu'on n'est pas cons au syndicat. On fait croire qu'on comprend hein ! On n'est pas cons !

Et puis moi j'ai repéré un truc : le ton compte beaucoup, les gestes aussi !

Là je vous fais un exemple :

— Camarade balayeur, grâce au syndicat et par le truchement du dialogue tu seras l'égal du patron ! Dans le dialogue hein, parce que dans le détail tu seras payé moins et puis c'est toi qui continueras à balayer la merde !

— Ah bon ! J'perds pas mon boulot ?

— Non, non.

— Oh ben, ça va alors !

Alors moi comme je suis délégué, je suis très bien reçu. Je suis reçu par le patron... à la campagne : « Entrez, mon ami ! Asseyez-vous c'est du cuir ! Touchez à mon chien, vous connaissez ma femme ? »

Bon. Ou le contraire. Ça dépend de la taille du chien !

— Bon. Alors ? Vous fumez le cigare ?

— Non, mais je tousse !

— Ah, pauv'con...

On était en train de parler à bâtons rompus que je préfère à brûle-pourpoint parce qu'on s'brûle... Bon ! Quand il m'a demandé, quand c'est qu'on l'arrête la grève. Alors j'lui ai répondu : « Ben... C'est quand vous voulez, c'est vous l'patron ! »

Parce que moi je travaille dans une usine où c'est que la grève elle dépend directement du stock !

Je vais vous expliquer... Y a des usines comme ça où que la grève dépend du stock. Par exemple vous avez euh... Mais en général, on en parle quand c'est trop tard ! Vous avez : Lip... Vlan ! Boussac... Vlan ! Manufrance... Ne m'appelez plus Manufrance ! La France elle m'a laissé tomber !

Mais Zorro va arriver. Ta da ta da !

Bon. Vous prenez des usines comme Lonzy dans l'Est... C'est des usines qui fabriquent des pièces de fonte qui vont sur des machines à vapeur qu'on a données aux Indes. Alors c'est dur d'en vendre hein ! Parce que c'est des usines qui appartenaient à l'État ça avant ! En moitié, vous savez ? Ils avaient pris des parts comme ils disent. Pour renflouer, c'était déjà trop tard !

Puis alors comme les gens du gouvernement ils sont pas là pour rester parce qu'après ils se barrent, alors ils prennent un peu de... puis ils se cassent !

Alors, les mecs ils se retrouvent avec leurs usines. Parce que le maire de Saint-Étienne, c'est un maire communiste. Il savait pas pourquoi il avait été élu aussi facilement !

Il vient de comprendre. Il a fait : « Bon sang ! Mais c'est bien sûr ! »

Alors, parce que la société c'est une chaîne... C'est une chaîne la société ! Salut les maillons !

Bon. Vous avez l'État, le patron, le syndicat, l'ouvrier, la police, l'État, le patron, le syndicat, l'ouvrier, la police... Quand on a trop de gens qui gueulent dans la rue pour avoir du boulot, on leur envoie les flics pour leur casser la gueule. Ben, c'est un truc nouveau, ça vient de sortir.

C'est que quand on a des mecs qui gueulent pour avoir du boulot, on leur casse la gueule : « On veut du boulot !... Salauds ! »

Vlan ! Hé ça fait toujours du boulot pour les flics alors là, si vous voulez !

Quand y a trop de mecs dans la rue, l'État dit aux patrons : « Engagez-moi donc des chômeurs qui font désordre, parce qu'on doit recevoir Helmut Schmidt. »

Bon... Ça fait désordre, ça va crier avec de la pancarte. Tout ça pue ! Bon. Alors l'autre il engage les chômeurs. Et puis alors c'est là que le stock il intervient parce que du coup, il fabrique encore plus qu'il ne vend !

Donc le stock se remplit et quand le stock est plein, le patron il peut plus bosser ! Il se retourne vers son partenaire social qu'est le syndicat et lui dit : « Mon pauv'gars, on va débaucher une certaine catégorie de personnel ! »

Le syndicat appelle à la grève : « À la grève ! »

Prenez des notes hein, parce que je vais pas répéter hein. Les ouvriers :

— Qu'est-ce qu'y a ?

— C'est la grève !

— Ben, y viennent d'embaucher !

— Ben, y débauchent !

— Ah bon ! Salauds ! Le patron, engagez nos camarades ! Aïe ! Euh ! *(Pan sur la tête !)* Aïe ! Salut Roger. T'es dans la police maintenant ? Aïe ! Pardon, s'il vous plaît, m'sieur l'agent... Aïe ! La République ?

— C'est par là ! *(Vlan !)*

Bon. Alors la grève dure des fois trois semaines, des fois même trois semaines, voire même... Y en a deux qui suivent ! C'est intéressant non ?

Pendant les trois semaines, qu'est-ce qu'il fait le patron ? Il vend ce qu'il a dans son stock ! Il a pas besoin des ouvriers qui fabriquent pour vendre.

Alors, au bout de trois semaines, il a tout vendu. Il dit : « Voilà les mecs... vous avez gagné. Je rengage tout le monde ! »

Et les mecs retournent bosser : « On a gagné ! On a gagné ! On a... à part les trois semaines qu'on a dans le... ! »

« Bon, le problème, a dit le patron, y a deux problèmes : y a un problème du côté du patron et y a un problème du côté de l'ouvrier qui se fait sentir ! »

Ça sent le problème ici...

Le patron quand il rembauche les ouvriers, il est

obligé de les augmenter après la grève. C'est embêtant ça ! D'ailleurs il m'a dit : « C'est ça le problème, parce que, vous comprenez, les ouvriers, ils sont bien gentils, moi je les aime bien moi, les ouvriers et puis il en faut ! Surtout pauvres ! »

Il m'a dit : « Les ouvriers ils demandent ça. On leur donne ça ! Bon, mais ils le prennent ! On est embêtés ! »

Et alors du côté des ouvriers, il y a un problème : c'est que la grève c'est pas payé !

Vous comprenez ? Sauf dans les grandes administrations, mais ça c'est pas payé la grève. Alors un mec qui dit : « On a gagné ! On gagné ! » Ben ils ont perdu trois semaines !

Alors y avait des remous !

« Ouais, euh ! Ouais, le syndicat nous a fait faire grève. Tout ça euh, on a gagné ta ta ta... Tu vas voir... Ta ta ta ! On a paumé trois semaines oui ! »

J'ai dit : « Camarades, camarades ! D'aucuns diront que le syndicalisme est à la société moderne ce que le Mercurochrome est à la jambe de bois. À ceux-là je dirai, rappelez-vous l'essentiel : Le capitalisme c'est l'exploitation de l'homme par l'homme ! Le syndicalisme c'est le contraire ! »

(1979)

En politique, on est'achement balèzes

En France, y a des trucs où qu'on est balèzes !

Ici je sais pas, mais en France y a des trucs où on est'ach'ment balèzes ! Pas tout, non, y a des trucs où on est moyens... des trucs... euh... moyens !

Mais y a des trucs où qu'on est balèzes !

Pas tout, mais par exemple... en politique on est 'ach'ment balèzes ! Hé, arrête tes conneries eh ! Surtout en politique française, on est parmi les plusse balèzes du monde ! En politique française ! Du monde ! Faut dire aussi qu'on est pratiquement les seuls que ça intéresse, alors ça sélectionne !

Non, mais on est balèzes hein ! On a des hommes politiques que le monde entier nous envie. Ils pourraient venir les chercher d'ailleurs, mais ils viennent pas !

Alors euh ! Et alors y a surtout un truc, c'est qu'on se sert pas de la moitié des hommes politiques qu'on a ! Y en a plus de la moitié qui bossent pas ! Et ils bouffent tous les jours. Rigolez pas ! C'est surtout avec votre pognon quand même hein ! Eh dis donc... y en a plein hein... Ah oui !

Par exemple Jobert, c'est à nous Jobert ! On peut

COLUCHE, IL Y A DES HOMMES POLITIQUES QUI SONT BIEN...
CEUX QUI SONT BIEN, C'EST LES PIRES!
WOLINSKI

pas lui reprocher ce qu'il bouffe lui, parce que heu, ça tient pas dedans déjà ! Il est bien Jobert et puis il fait chier personne hein ? Parce qu'il parle pas fort tout ça ! Des fois on lui demande son avis : « J'étais pas là au début... euh... Je sais pas... euh... »

Même qu'il passe à la télé ! Il s'arrête pas encore mais il passe déjà ! Non, parce que y en a qui disaient : « C'est un grand nain ! »

C'est pas vrai ! C'est un petit ministre ! C'est un échantillon. Si ça plaît, après on en a un vrai ! À l'Assemblée ils disent : « Jobert c'est un petit malentendu ! »

Ah non, on en a des bons ! Y en a des bien hein ! Comment il s'appelle ? L'handicapé mental là ? Avec l'entonnoir !

Michel Debré ! Alors hé... hein... en voilà un qu'est bon ! Balèze hein ! Tout fripé. Ben c'est le pinard ! Ah ça, ça attaque hein ! Au début, euh, et puis après ça détruit hein. Michel Debré ! Hé hé hé hé ! C'est celui qui voulait qu'on fasse des enfants ! Il va pas les faire, avec sa gueule, euh... les gosses. Heu hé ! Ça fout les moules !

Puis y en a qui sont pas près de nous emmerder.

Par exemple prenez un mec, euh, Chaban-Delmas, il se présenterait tout seul dans un coin, il serait pas élu encore !

Qu'est-ce que vous avez ?

Vous avez JJSS. On dit que les initiales parce que le temps que tu dises son nom, tout le monde est parti ! Ah lui, il est bon ! Recordman du monde de petite durée dans le gouvernement : cinq jours il est resté !

Il avait dit une connerie. Y en a qui avaient dit : « Il a perdu l'esprit ! »

C'est pas une grosse perte pour celui qui l'a perdu, c'est con pour celui qui l'a trouvé, qui sait pas quoi ! Alors lui, il est bon lui ! Il rentre à l'Élysée, il dit : « Vous fermez pas, je ressors tout de suite ! »

Hop là ! Alors il serre les louches, il vérifie les robinets, des conneries et puis il se casse. Non ! Histoire de dire qu'il est pas venu pour rien.

Bon. Qu'est-ce qu'on a ?

Tiens Simone hé ! À Strasbourg ils disaient : « C'est pas demain la Veil ! »

T'as vu ? Hé, à Strasbourg, les Simone sont de retour ! Ha ha ha ! Elle était ministre de la Santé avant... Elle voulait pas qu'on fume ! Eh ben, même les cheminées des hauts fourneaux ne fument plus !

C'est balèze hein ? C'est balèze hein ? Ah non, on est balèzes en politique !

Tiens comment il s'appelle le frère de la speakerine celle qui a les dents ? Le décapsuleur ? Denise Fabre oui ! Deux bières chla ! chla ! Robert Fabre ! Beau costard... Il est sorti de l'Élysée et il a dit : « Les mecs... y a déjà un chômeur de moins ! J'ai trouvé du boulot, moi ! »

Mais pour les autres il a rien trouvé ! Circulez, y a rien à voir, allez hop ! Oh, nom de Dieu !

Qu'est-ce qu'on a encore ?

On a Soisson qui est très bien ! C'est le ministre de la Jeunesse et des Sports. Oh ! si vous voulez, il aime bien le sport aussi, mais lui c'est la jeunesse. C'est lui qui a mis Mourousi à la moto ! Je l'ai vu passer Mourousi en moto, il serrait les fesses hein !

Non, monsieur ! Y avait personne derrière. Voyez bien que c'est des conneries ! Des conneries qu'on raconte ! Il paraîtrait même... il paraîtrait même que c'est Mourousi qu'a cassé le vase à Soisson ! Hé, c'est des conneries hein ? Non, non ! C'est des conneries hein !

Ah oui, on en a des bons, on en a des bien ! On en a des bien... Et puis on a le benêt ! Le benêt ?

Lecanuet ! Lecanuet ! Ah pardon ! Avec les dents ? Celui qui a les dents ! C'est Colgate qui l'a mis au début qui lui a dit : « Vas-y ! Puis on s'démerde après ! »

Hé ! On a failli le perdre Lecanuet hein ! Déconnez pas ! Parce qu'on lui avait dit : « Le dentier tu l'enlèves le soir. Tu le mets à tremper dans un verre pour que les bulles attaquent. Y a les bulles qui attaquent le calcaire et puis le manger qui reste ! »

Et lui, on voit bien qu'il est pas fini Lecanuet ! Enfin on sent qu'il y a de la place dedans hein ! On pourrait y habiter à plusieurs encore ! Alors lui il avait pas compris, il a trempé la tête dans les bulles toute la nuit !

Le Canuet, ils l'appellent, y en a qu'un. Enfin on veut bien nourrir celui-là mais on va pas faire un élevage non plus hein ! Faut pas déconner hein !

Bon, qu'est ce qu'on a encore ?

Ah ! On a le grand qu'on est embêtés avec ! Le grand avec les lunettes ! Chirac ! On est embêtés ! Parce qu'avant il était vachement copain avec Giscard Bistaing ! Quand ils partageaient votre pognon, puis maintenant l'autre il garde tout ! Alors il a gueulé : « Je suis quand même du RER moi, merde alors ! »

Bon, alors il gueulait parce qu'avant c'était le genre : « Mon cul, ma chemise. » Tout ça... hein. Que les gens disaient : « Mais enfin, qui c'est la chemise ? »

Et puis on commence à avoir une idée maintenant hein ?

Non, parce que j'vais vous expliquer, parce que quand parfois y a des gens qui disent : « Qu'est-ce que c'est qu'il y a comme différence entre Giscard et Chirac ? »

Y en a pas ! Mais Chirac le sait pas lui ! Tandis que l'autre, il a bien vu que c'est le même. Il a dit : « Foutez-moi ça dehors ! »

Allez hop ! Circulez, y a rien à voir ! Oh, nom de Dieu !

Alors nous... Parce que nous on est emmerdés en plus en France, on est tout le temps en train de voter ! Puis quand on vote pas, ils nous sondent ! Non !

Avec les journaux, remarquez. Le résultat est le même hein ! On l'a un peu dans le cul quand même hein !

Bon, la dernière fois qu'il fallait voter c'était pour l'Europe ! Vous avez bien fait de pas y aller ! C'est pour partager du pognon et puis nous on n'en a pas, nous ! Juste après c'est les cantonales. C'est pour élire les cantonniers, c'est pas méchant ! Moi j'y suis pas t'allé, y a pas d'arbres dans ma rue ! Alors dis donc ! Sur les journaux ! Qu'est-ce qu'y a sur les journaux ? Quoi ? Il paraît que la gauche est achetée par Moscou, dis donc... parce que la droite est à jeter par la fenêtre. Ça on le savait déjà ! Parce que moi, par exemple, bon, je suis pas pour dire du mal de la politique moi ! Hein ? Si quand même un peu hein !

Bon, vous prenez par exemple la Chambre des dépités. Bon... C'est pas pour dire du mal mais la moitié sont bons à rien ! L'autre moitié sont prêts à tout, quand même !

Prenez le Conseil des sinistres. Bon, c'est le mercredi. C'est le jour des gosses ! Alors ils vont au sable, ils font des pâtés, bon c'est sympa ! Y a le garde des Sceaux qu'est là.

Et alors y a le boursouflé qui s'ramène, bonjour !

Alors il compte pour savoir combien y a eu de suicidés, tout ça !

Ils ont dit que c'était la presse qui l'avait tué !

Il paraît que la presse a tué un ministre ! Hé, dis donc, par rapport à c'qu'elle en fait vivre c'est pas très grave hein !

Alors Mesrine d'un côté, Boulin de l'autre, un partout, balle au centre !

Bon alors Conseil des sinistres :

— Qui c'est qui a une idée ?

— J'en ai pas moi...

— Très bien ! Suivant ?

— Moi non plus !

— Bon, et vous ?

— Ben... j'ai une petite idée.

— Ben tu la gardes hein, vieux ! On est déjà assez emmerdés hein !

Et puis alors ils plient les cartables et puis ils vont en week-end jusqu'à mardi ! Parce qu'ils bossent que le mercredi... Heureusement hein ! T'as vu dans quelle merde on est ! On se méfie pas assez...

Regardez par exemple Lecanuet, bon...

Un autre exemple ? Bon, Lecanuet il a l'air de rien hein ? ..

Ben il est rien !

Alors parce que les gens y disent tout le temps : « Oui euh... moi j'ai voté pour celui-là et puis maintenant au lieu de mettre du pognon dans les écoles... il met du pognon dans les prisons ! »

Hé dis donc, y a un truc où on est sûr quand on est ministre, c'est qu'on retournera pas à l'école hein, tandis qu'en prison, faut voir hein !

Heu, non, parce que je vais vous expliquer.

Un bon discours politique ne doit émettre que des idées que tout le monde est déjà d'accord avant !

Faut pas faire le con !

Bon, par exemple, une idée, par exemple :

— Je voudrais que mon pays serait un pays neutre !

— Qu'est-ce qu'un pays neutre ?

— Très bonne question, monsieur Elkabach ! S'il vous reste du cirage vous pourrez faire mes pompes ! Un pays neutre c'est un pays qui ne vend pas d'armes à un pays en guerre sauf si y paye comptant ! Ha ha ha ! C'est écrit dans la Constipation de 1958 : « Honni soit qui manigance », y a d'écrit !

(1979)

Jean-Paul II et Jean retiens 1

Moi je veux pas me fâcher avec les catholiques hein ! Ah non ! Ah non ! Ah les salauds ! Hein !

C'est toujours moi qui m'fâche ! Bon, un p'tit peu pour faire plaisir... Ah, vous êtes salauds !

Les catholiques, ils ont dérouillé là ! Parce qu'en 78 très mauvaise année pour les papes. Deux d'un coup dans la sciure !

Chlaff ! Voyez la caisse... gling gling ! Jean VI... Chlaff ! Suivant ! Chlaff ! Suivant... Ben ça va, hein ! On serre les miches !

En plus ils se sont fait piquer l'affaire par l'autre là... L'inventeur du Moyen Âge... Comment il s'appelle ?

Arrête là tes conneries là ! Avec un tchador en poils pour l'hiver ! Hé, il est allé là-bas parce qu'il était à Quoi-de-Neuf-le-Château, et puis il s'est mis la gueule dans une lourde, alors ils lui ont mis un pansement, mais ça va aller y paraît !

Alors le pape il faut qu'il rame maintenant !

Il est parti au Mexique et tout... Il a embrassé des gosses ! Il peut attraper des maladies hein ? Il arrive à l'hôtel, y avait un Christ au-dessus du lit, et le mec il a dit : « Enlevez-moi ça. Ça me rappelle le bureau. Faut pas déconner non plus ! »

Hé hé hé hé ! Non ! C'est pas là... je vous le dirai, c'est pas là !

Moi, j'ai pas connu le Christ parce que ça fait pas longtemps que j'suis dans le show-business, mais il paraît très gentil hein ? Il paraît le Christ très gentil. Tout maigue et pourtant très gentil quand même ! Comme quoi ça n'a rien à voir hein ! Il est très gentil ! Généreux comme tout mon vieux, mais correcque !

« Buvez c'est mon sang, mangez c'est mon corps, touchez pas c'est mon cul ! »

C'est normal ! Ah ben y a des limites à tout hein ! Ah non ! C'est normal. Très gentil ! Alors attends, parce que, dis donc, en plus, les papes, le dernier qu'il est mort là, le frère Ripolin, comment il s'appelait ? Jean-Paul I !

Hé... Le dernier qu'est mort c'était le plus jeune : révision des cinq mille et tout, vidange, graissage hein ! Quatre semaines : tout bon, cinquième semaine : chlaff !

— Ça fait rien, vous gagnez une boîte de jeux !

— Ben merci ! ... Ça fait rien...

— Et je remets 100 francs dans le bourrin !

Tiens, j'vais vous montrer un truc. Vous barrez pas, y a rien d'autre ! Regardez le journal quand il est mort, vous avez ici *France-Soir*. C'est un journal à grand tirage ça hein ! Très bien pour allumer du feu donc ! Vous avez ici « Le pape est mort », et alors en bas, une publicité malencontreuse : « Grande braderie au marché Saint-Pierre. »

Enfin, qu'est-ce que vous voulez que je vous dise ?

Tiens, garde-le, parce que l'autre est pas mort et on peut encore se faire du blé avec celui-là...

Bon, parce que, hé dis donc pour en élire un autre de pape hein... c'est la merde hein ? Faut les réunir d'abord les cardinaux ! Y en a partout, y sont aux quatre coins, y sont très vieux. On leur met des petits ronds rouges sur la tête, c'est pour pas les paumer dans les squares ! Si, au moment de la promenade... Hou hou ! Et ils sont très vieux, y en a qui sont presque liquides, y vont les chercher avec des éponges ! Sa Sainteté Jean XX/XII. Oui, bonjour madame ! Oh merde ! C'est dégueulasse... t'as l'impression d'embrasser la Mère Denis ! Bon, sans la moustache.

Bon... C'est pas fini, non ? Alors je vais vous expliquer. Et puis c'est un merdier, faut les réunir et puis il y a la fumée... Faut faire venir l'Indien ! Y a des tas de... Alors ils les mettent dans une pièce, c'est là où il y a la fenêtre. Vous avez vu des fois à la télévision avec Léon Zitrone qui fait le reportage : « Eh bien, mesdames et messieurs, bonjour ! Nous sommes actuellement sur la place Saint-Pierre... »

Alors y a une pièce et puis à un moment ils viennent à la fenêtre et c'est lui le pape, le mec qui vient vous voyez ? Parce que par exemple, celui qu'a chaud il va ouvrir la fenêtre... Ah ! Ah !

Hé... Faut faire gaffe là-bas ! Faut y aller ! Alors la femme de ménage elle fait gaffe là-bas, elle se baisse hein ! Bon, alors ils les réunissent dans une pièce et ils font :

— Pouf pouf !

— Pouf pouf ça-se-ra-toi-qui-vas-ê-tre-le-pa-pe !

Bon, et puis il y en avait un qui gueulait parce que ça faisait trois ou quatre fois que ça tombait sur lui. Alors à un moment, il dit :

— Vous r'tournez pas... Y a un Polonais qui vient de rentrer. Il parle pas la langue, il croit qu'on se partage un missel. On va le pousser à la fenêtre, ça va être bon pour lui !

— Tiens ! Heu... Bonjour Jean-Pol Siss !

— Bonjour les filles !

— Bon, bon, il est con !

— Alors, dites-moi heu... y a votre bagnole qui gêne !

— Oh, ma bagnole !

Y en a un qui a pris le micro :

— C'est lui le pape !

— Ouaiiiiis !

— Il est polonais...

— Ah !

Pas de quoi se brûler pour la chaleur hein... Et en plus c'est parce que les mecs ils voulaient pas d'un Polonais, ils voulaient d'un Italien hein, sur la place Saint-Pierre ! Fallait les voir les Italiens : « Des papes, des papes, oui, mais des Panzani ! »

(1979)

Le viol

Eh, monsieur le juge, vous faites attention à qu'est-ce que vous dites hein... heu... je l'ai pas violée !

Euh, pas plus que les autres, alors vous faites attention parce que tout ce que vous direz pourrait être retenu contre moi. Et puis, j'vous f'rai remarquer que violer c'est quand on veut pas. Moi j'voulais bien hein ! Et puis d'après vous, la Monique, le rouge à lèvres et les bigoudis, elle met ça pour effrayer les oiseaux ? Non, monsieur ! C'est pour attirer les garçons ! Je sais ! D'où vous êtes on voit mal alors. Et puis elle est pas honnête la Monique ! C'est pas quand on est enceinte depuis trois mois qu'on vient crier au viol hein ! Parce que moi, heu... à part le train que je sais pas qui c'est, les mecs qui sont passés dessus, j'les connais bien ! Alors qu'à vous exciter !

Bon et puis monsieur le juge, les sept-chopes c'est moi qui m'en occupe ? Les sept-chopes ! heu... des regards tournés vers le vice ! Alors ? C'est moi qui m'en occupe des sept-chopes alors ? Alors maintenant ils vendent du beurre dans les sept-chopes !

Depuis *Le Dernier Tango à Paris* : « Charentes-Poitou ça rentre partout ! » Alors ? Alors ! Non, non, hé, si elle trouve que c'est moi qui vais l'épouser, va lui dire bonjour hein ! Pour moi hein ! Encore... elle serait jolie ou rigolote, bon... J'sais pas moi euh, comme Gisèle Halimi ou Anne Gaillard ! Bon ! Mais Monique, m'sieur le juge, elle vous fait un sourire dans une rue noire le lundi, le vendredi tu cours encore ! Dis donc ! Rien que pour lui échapper hein, ben y en a qui courent encore. Hé, tu sais comment on l'appelle dans mon quartier, Monique ? Deux qui la tiennent, trois qui la niquent ! Alors pourquoi moi ? Gentiment, pourquoi moi ? Enfin, je lui fais pas de reproches, elle est moche, elle est moche ! Ah ben, je lui dis rien. Si elle fait ça pour lancer la mode, il faut qu'elle s'arrête quoi... C'est tout ! Ça prendra pas comme mode !

Enfin, elle s'laisse pousser les jambes et les dents alors tu parles ! C'est qu'elle est maigre, hou ! hou ! Elle est grande surtout, même assise faut lui monter à manger ! Ah ben maigre aussi elle est maigre, si elle voulait maigrir encore, Monique, faudrait qu'elle perde un os ! Alors ! Alors elle est jolie, elle a les dents du bonheur qu'ils disent ! Hé hé hé, elle a deux dents tous les six mètres ! Mais en zigzag hein ! Quand tu lui parles en face il te faut une montre étanche hein ! Alors là, elle pouvait pas becqueter, ils lui ont refait le portail en inox... Rien que pour l'embrasser il faut y aller hein ! Et quand elle mange des cerises, les noyaux sont pas fiers !

Et puis je vous ferai remarquer qu'elle a déjà eu un enfant, Monique, avec un moche qu'était très moche aussi. Eh ben, il a fallu le jeter ! Voilà ! Alors si vous croyez qu'on viole Monique pour le plaisir ! On voit bien que c'est pas vous qui attrapez les maladies hein ? Parce que moi, ça fait cinq ans que je la connais Monique. Ça s'arrange pas, ça empire hein ! En deux mots : ça sent pire ! Demandez dans le quartier. Les mecs qui la déshabillent, ils en ramassent plus avec le nez qu'avec une pelle hein ! Ah ben, nous pour Noël, on s'était cautérisés pour lui acheter une plaquette Vapona.

Bon et puis c'est pas compliqué : si c'est toujours Monique qu'on viole, c'est parce que les autres elles veulent pas figurez-vous ! Voilà !

Alors nous on est déjà bien gentils de la violer hein ! Parce que j'vous f'rai remarquer que mémé au commissariat, ils y ont pas touché ! Alors on est bien gentils ! Moi, j'vais vous dire : tellement qu'on est gentils, Monique je l'ai violée moi et je porte pas plainte !

(1979)

Le Belge

(Coluche prend un fort accent belge...)

Ah !... C'est formidable hein !

Savez-vous maintenant que les Français ils nous prennent pour des imbéciles ? Ah, puis au début ça est un peu ! Puis après ça est un gros peu hein !

Hé, moi, je le sais bien parce que je suis t'allé à Calais. Pendant le wikende. C'est parce que ma femme avait gagné des skis nautiques, et puis par chez nous c'est tout plat, y a pas de lacs en pente hein ! Alors on était partis à Calais, comme ça on s'était dit on pourra toujours jouer avec les planches hein ! Parce que l'année dernière on avait t'été à Venise mais on n'avait pas eu d'chance ! On est arrivés et c'était tout inondé hein !

Oh ben, c'est pas que c'est moche hein par chez nous ! C'est très joli la Belgique ! Vous devriez visiter Anvers hein... rien que pour l'endroit ! Ça vaut le coup déjà !

Ben, c'est qu'on s'fait beaucoup critiquer nous, les Belges ! Moi je vois n'est-ce pas, je m'arrête à une station-service pour désaltérer l'automobile, et puis également ma femme et moi n'est-c'pas !

Alors je mets 1 franc dans une machine de Coca-Cola, il tombe une bouteille ! Je mets un autre franc, il tombe une autre bouteille. Je mets un autre franc... Et les gens disaient : « Mais il va tout prendre ! » Ben dites donc, tant que j'gagne je joue hein ! Alors ! Ben alors ! Ça c'est exagéré !

Ben, tenez, chez le marchand de chaussures c'est que j'me fais tout le temps critiquer, savez-vous ? Parce que je prends les plus grandes ! Ben dites donc si le 45 c'est le même prix que le 41, je vais pas prendre les plus petites hein ! Vous m'étonnez !

Ben, c'est qu'on a t'été embêtés avec l'automobile. Ça parce que j'avais claqué la portière et puis qu'j'avais laissé les clefs à l'intérieur ! D'autant qu'il pleuvait et qu'on avait laissé les vitres ouvertes, pour vous dire hein ! Ben, on a eu que des ennuis avec l'automobile... après c'était les clignoteurs qui n'marchaient plus ! Une fois ils marchaient, une fois ils n'marchaient plus ! Une fois ils marchaient, une fois ils... Même à un moment on nous avait volé la voiture ! Heureusement qu'j'ai eu le temps de prendre le numéro hein !

Mais c'est que les Français ne nous aiment pas, mais c'est que, n'est-c'pas, ils se moquent tout le temps de nous, mais ça vous savez pourquoi ils aiment les histoires belges ?

C'est parce que c'est pas dur à comprendre hein ! Mais c'est parce qu'ils sont jaloux ça ! Parce que nous sommes plus forts qu'eux dans le sport !

Et encore nous avons arrêté le water-polo ! On avait noyé tous les ch'vaux ! Les Français ne sont pas forts dans le sport. Savez-vous pourquoi ils ont choisi le coq comme emblème ? Ben, c'est parce que c'est le seul oiseau qu'arrive à chanter les pieds dans la merde hein ! Ah oui ! Nous savons aussi avoir de l'esprit hein ! Je n'en ai pas personnellement, ma femme non plus, mais j'ai un camarade qui en a eu pour le mois d'juillet ! On s'est amusés ! Il disait par exemple : « Le comble pour un chauve c'est de pêcher une raie... »

Celui qui a un poisson sur la tête il a l'air aussi idiot que ça hein ! Vous êtes comme moi, j'ai eu du mal aussi à comprendre ! Il disait tout l'temps : « Le chauve c'est adéquat, c'est comme Sheila, c'est parce que Sheila elle a des couattes. » Ah ah ah ah... !

Elles est très amusante aussi, voyez ! Non, c'est un garçon qu'était pas malin, il s'est pendu avec un élastique, on l'a retrouvé écrasé au plafond hein ! Même, je sais que quand il était petit il avait échoué à un examen d'urine. C'est pour vous dire ! C'est lui qui disait tout l'temps : « J'ai appris qu'il fallait cueillir les cerises avec la queue, je suis t'embêté ! J'avais déjà du mal avec la main hein ! » Ah ben... c'est des gens qu'avaient eu bien du malheur ! Sa femme a été ultra-violée par des rayons X... et d'ailleurs elle a porté plainte contre X ! Alors nous on était en voiture, n'est-c'pas, puis on roulait vers Calais, et puis tout d'un coup... qu'est-ce qu'on voit d'écrit en travers de la route ? « Pas-de-Calais. »

Ben, j'ai dit : « Ils exagèrent hein, une fois... ils l'auraient dit, moi je n'serais pas venu ! »

(1979)

Revue de presse

Ah ! là, là ! dis donc, j'vais vous expliquer pourquoi j'vous ai dérangé. J'ai entendu des fois des mecs qui disaient comme ça... des fois y a des gens qui s'plaignent : « Ouais heu... On est cernés par les cons ! »

C'est vrai ! Mais on se rend pas toujours compte à quel point ! J'vais vous montrer ! Ici, vous avez deux journals. Vous avez par exemple ici un journal, vous avez *L'Horreur* et *Le Bigaro*, dont c'est la saison ! On se dit : « Ben, c'est pas les mêmes journals ! » Voyez ?

Y en a deux comme ça, parce que déjà comme ça euh, c'est déjà moins net. Là ! Voyez *Le Bigaro*, *L'Horreur* voilà. On va vous montrer. Viens voir ! J'ouvre la première page et qu'est-ce que je m'aperçois-je ? Oh ! même dedans c'est les deux mêmes ! Alors on se dit : « Ça doit être une erreur. »

Je vais vous montrer une autre erreur, et voici pour le même prix, toujours 2,50 francs, une deuxième erreur ! Attendez ! C'est pas là, j'vous l'dirai. Est-ce que ça vous dirait une troisième erreur ? Oui ? Qu'est-ce qui sont cons !

QU'EST-CE QU'IL Y A DANS LA PRESSE ?
RIEN DE NOUVEAU !
VOUS ÊTES TOUS DES CONS !
WOLINSKI

« Regarde-moi, regarde ça eh ben voici... Tiens voilà... Fous ça en l'air ! Y a vingt-deux pages, y a vingt-deux erreurs. Allez fous-moi ça en l'air ! »

C'est mieux que *Paris-Match* : « Le poids des mots, le choc des photos. »

Si t'attaches pas ta ceinture... Laaaa !

Alors sans ça le reste j'ai tout lu, ça va hein !

M. Raymond Barre... C'est le plus gros Raymond Barre.

Vous avez vu, c'était Dieu qu'avait dit : « Je partage en deux. Les riches auront d'la nourriture, les pauvres de l'appétit. »

M. Raymond Barre a déclaré : « La vraie crise va bientôt commencer ! »

J'vous l'dis parce que y a des cons qui croyaient qu'la crise était commencée, euh, quèque chose comme ça ! Non ! Et la crise elle a dix ans hein ! Elle peut encore grandir et pis à dix ans, on n'est pas responsable ! Non, mais avant, les mecs qui mettaient de l'argent d'côté, on disait c'est des avares ! Maintenant c'est des phénomènes ! Ah ! parce que y a donc deux dates très importantes à ret'nir dans l'histoire de France :

1612 : Denis Pinpin invente la cocotte Seb. 1980 : Raymond Barre invente le « chômage central ».

La France pourrait détruire 80 % de l'URSS si a voudrait ! Mais a veut pas ! Et pourquoi a veut pas ?

J'vais vous l'dire. Parce que les 20 % qui restent sont encore cinq fois plus nombreux que nous ! Voyez, c'est pas compliqué ! C'est pas très compliqué. Remarquez on a quand même du matériel ! On a :

— trois sous-marins nucléaires dont on est sans nouvelles ;

— cinq œufs pourris ;

— vingt-cinq peignes à cheveux.

Hein quand même ! Y z'ont qu'à venir les Russes ! On les attend ! Et encore s'ils z'ont fabriqué les sous-marins chez Ariane, j'vous dis pas...

L'alcool va augmenter de 10 % le mois prochain... C'est le prix qui va augmenter hein, c'est pas le taux. C'est pareil, y a des fois des cons qui croient que le Pastis 51 est passé à 61. C'est pas ça ! C'est pas ça du tout !

Superbénéfice des deux sociétés françaises, ah... la BP et la Shell. Ah ! quatre fois plus de chiffre d'affaires en 79 qu'en 78 ! Eh ben y vont être contents les pauvres de savoir qu'y z'habitent un pays riche hein...

Un Arabe, rien que le nom m'amuse, un Arabe inculpé de corruption de fonctionnaires ! Il avait donné un sucre à un chien policier ! Ça peut arriver ? Ça peut arriver ! Ça arrive ? Ça arrive !

Affaire Debreuil, ça s'écrit de Broglie. C'est des noms de faux jetons ça s'écrit pas comme ça s'prononce ça. C'est comme les Russes sur leurs maillots y a écrit CCCP au lieu d'URSS. Les Mexicains qui croyaient que c'était Coucouroucoucou Paloma. Affaire de Broglie, l'affaire avance mais la police recule, comment voulez-vous qu'ils sévissent ? J'vais vous raconter toute l'histoire, parce qu'en fait Poniatowski il avait dit à un mec : « Écoute, j'te dis rien mais le mieux c'est qu'tu lui répètes, mais tu dis pas que c'est moi qui t'l'ai dit... surtout hein ! »

Drogue dure. Mais non c'est pas dur ! Ah oui, drogue dure pardon ! La drogue a fait cent morts en France l'année dernière, l'alcool cinquante mille ! Choisis ton camp, camarade !

Heu, c'était un piège, j'ai les noms de ceux qui ont applaudi... dans l'car !

5 millions et demi de conducteurs français ont une mauvaise vue... heureusement le chiffre réduit tous les jours.

Ça va, c'est sympathique !

Des nouvelles du sexe. On enregistre un net durcissement de la situation. Bon, c'est pour détendre, enfin, manière de parler !

Étudiants étrangers... Ah ! C'est une nouvelle loi, attention !

Désormais pour apprendre le français en France y faudra savoir le français, c'est nouveau ! C'est nouveau !

Encore un nouveau pas en avant de la connerie ! Mais dites-moi, dites-moi jusqu'où s'arrêteront-ils ? Je ne le sais ni et que Dieu nenni mais vous allez voir après c'est plus dégueulasse...

La hausse du pétrole entraîne des inquiétudes chez les handicapés moteurs ! C'est d'un goût ça, c'est d'un goût ! Heureusement qu'c'est moi qui les fais ces conneries-là !

Ah ! y sont cons hein ? Dites donc c'est vrai, il paraît que vous êtes drôlement cons hein !

Déjà moi, bon, c'est incurable... c'est un truc ça devrait même pas arriver d'après c'que j'ai lu dans les journaux !

J'ai lu des articles de d'sur moi dans les journaux... Bon, déjà que moi on me laisse faire c'est tout juste... Mais qu'y ait des gens qui payent pour venir, alors là ! Moi j'serais vous j'irais pas !

Une devinette : « Un militaire qui meurt dans son lit ça fait ?... Un de moins ! »

Deux Belges ont attaqué une Caisse d'épargne... Allons bon ! Y z'ont volé les noisettes et y se sont fait mordre par l'écureuil ! Ça va, y sont pas près d'revenir.

Attention, des déclarations politiques très importantes cette semaine. Raymond Barre a dit : « Il faut mettre d'urgence un frein à l'immobilisme. » J'l'invente pas... Je vous le dis parce que si y a des mecs qu'ont des freins qui servent à rien heu, même rongés hein, ils peuvent les amener hein !!

Ce à quoi Chirac a rétorqué : « Les portes de l'avenir sont ouvertes à ceux qui savent les pousser ! »

Parce que des fois on se dit Raymond Barre et Jacques Chirac y sont pas d'la même crémerie tout ça, y sont pas ensemble. Hé, dis donc, ils ont un numéro de cirque ! Y en a un qui coupe les oignons et l'autre qui pleure hein !

Attention ! Une bonne nouvelle : « Désormais l'avortement sera libre en URSS. Malheureusement y a beaucoup de demandes et y a onze mois d'attente ! »

C'est embêtant...

Alors donc, après la rubrique *Mettez bas*, voici maintenant la rubrique *Météo*.

Hé !... Moi ça m'fait rire, alors c'est pas parce que je paye pas que j'vais m'faire chier non ! Sans blague ! J'ai les noms des meneurs.

« Météo : Risque de grève et de chômage dans le Nord, à l'Est, au Centre et à l'Ouest, coup de vent sur la Bretagne où de forts pétroliers sont à craindre. Risque d'émeutes dans le Sud et en Corse avec attentats de force 6-7. »

Y sont emmerdés en Corse, on leur a déjà volé le résultat des prochaines élections ! Voyez ?

« Ariane : Troisième détecteur de vase bien arrivé. » Bon.

Attention : « Bientôt deux Français dans l'espace ! »

Y a deux Français qui vont monter dans la prochaine fusée Ariane qu'y vont faire ! Franchement ç'aurait été dommage. On se s'rait foutu de leur gueule un moment hein ? J'peux dire que les deux cons qui ont eu l'idée sont pas r'venus encore hein ! D'ailleurs y sont même pas encore partis !

« Semaine de dialogues avec les immigrés. »

Ah ! voyez que c'est une maladie les immigrés ! Avant c'était la semaine du cancer et maintenant c'est pour les immigrés.

Après « Gardez votre ville propre » voici maintenant « Apprenez-leur le caniveau ».

M. Gromyko, en russe ça veut dire : esquimau géant ! Déconnez pas, j'parle couramment le russe... alors !

J'parle plusieurs dialectes. Si ! C'est des gros blocs de glace qu'y mettent au frais et y remettent un bâton dans l'cul ! Y jettent les noisettes allez vas-y !

On a passé un accord avec l'URSS. On leur donne tout notre blé et en échange y nous laissent tout notre charbon. C'est sympa ! Les accords franco-russes au dessert c'est un régal que l'on sert !

« Deux policiers du sud de la France arrêtés par des voleurs... »

Non ! par des policiers, dis donc ! Mais comment y s'reconnaissent ? C'est marrant ça !

« ... y z'avaient enfoncé un bâton de police dans le rectum d'un suspect... »

Pour ceux qui ont fait du latin le *rectum,* c'est le rectum, et pour les autres c'est le trou du cul hein ! J'voulais vous le dire parce que tout le monde fait pas de latin, surtout pour ce que ça sert ! Enfin le cul sert plus que le latin ! Remarquez suspect c'est grave hein ! Suspect, c'est grave, c'est pire que lèche-cul... Arrêtez de rire merde ! Emm'nez du travail à faire chez vous !

« 5 000 francs d'amende pour les deux policiers et trois ans de sursis. »

C'est-à-dire de prison... Quand on a trois ans de prison avec sursis, sursis ça fait qu'y restent dehors ! Il y va pas et du coup les policiers manifestaient hier pour le droit à l'interrogatoire poussé ! Vous voyez poussé c'est dans le cul hein ! Ah ben les coups et les douleurs ça se discute pas non plus hein !

Puis vous savez la police c'est pas un métier facile ! Vous êtes chiés vous alors ! Si on peut plus foutre des coups d'poing dans la gueule à des mecs, des coups de pied dans les couilles et pis des bâtons de flics dans l'cul, comment voulez-vous interroger ? Des fois y parlent même pas votre langue alors !

Alors faut pas non plus exagérer, hein non plus ! Vous avez des étrangers y viennent en France comme balayeurs et pis après y restent comme Noirs, hein !

« En marge de sa tournée européenne le pape a voulu adresser à tous un message de paix. »

Prout ! Vous savez que ça marche plus tellement maintenant le pape. Vous avez vu c'coup-là qui est arrivé ? Il arrive au Bourget tout habillé avec une robe longue comme pour aller aux fourmis, tout beau. Un chapeau, pas de sac, c'qu'est une faute de goût. Y arrive au Bourget...

22 000 personnes gratuites y z'ont fait. Bon. Là-dessus arrive Bob Marley, 47 000 payantes ! Je

m'demande si le reggae n'est pas en train de prendre le pas sur la liturgie ? Alors on lui a demandé... Hé, le pape, on lui a demandé : « Mais dis donc Papy, qu'est-ce qui fouti l'Dieu pendant ce temps-là ? »

Il a dit : « Dieu c'est comme le sucre dans le lait chaud... Il est partout et on Le voit pas... et plus on Le cherche, moins on Le trouve. »

« Écologie : le ministre de l'Environnement et de la Nature », c'est-à-dire du désastre, a déclaré : « Tout sera prêt en Bretagne pour les vacances. »

J'irai moi-même soit à Trégasoil, soit à Ploumazout !

« Deux policiers arrêtés pour coups et blessures, trois policiers interpellés pour escroquerie. »

Comme vous le voyez, les voleurs font ce qu'ils peuvent, malheureusement la police court toujours !

(1980)

Votez nul !

Hé dis donc ! C'est bien la politique, hein ? C'est bien hein ?

Ils sont drôles ! Peut-être ils nous feront jamais autant marrer qu'ils nous emmerdent, peut-être ! Mais c'est bien quand même ! C'est pas dur en plus ! On se dit toujours : « Ah ! Les hommes politiques quand même, c'est eux qui... » Tsss... Pfft !

C'est pas dur politique comme métier ! Tu fais cinq ans de droit et tout le reste c'est de travers, c'est pas compliqué ! C'est pas compliqué alors là ! et en plus... Parce qu'on se dit : « Oh ben, tiens ! Ça va t'être les érections pestilentielles, on va pouvoir faire chier un petit peu ! On va voter pour Laguiller, pour la Krivine... »

Eh ben, non ! Ils viendront pas !

Déjà Debré... *(Sifflets...)* Debré, président de la République. Hé ! Hé ! Moi aussi alors pendant qu'on y est. Si les cons se présentent hein, moi j'y vais alors, hein ?

J'croyais qu'on n'avait pas le droit moi, quand on était nul. Alors vous aurez, alors j'vous signale... Alors les érections vous aurez soit Giscard et son

COLUCHE PRESIDENT

orchestre, tout son orchestre, avec des boutons neufs et tout ! Vous aurez soit Chirac, un nouveau Pétain pour la France, soit vous aurez Mitterrand ou Rocard. On sait pas.

À mon avis c'est Mitterrand qui va encore venir... Encore que l'examen, il l'a déjà passé, il a pas été reçu. Et puis Rocard, il a pas encore, il est pas encore prêt hein ! Il est pas... C'est ce qu'on appelle un homme de paille en herbe ! Il est pas prêt !

Et on a Marchais dans le PC, alors là on est tranquilles ! Ah, on a le meilleur ! Le parti communiste, on a le meilleur du monde nous ! Y a plus de communistes en France inscrits au parti de leur propre gré qu'en URSS ! C'est pour vous dire, il est bon, hein, comme il est bon !

C'est pas compliqué, en politique, suffit d'avoir une bonne conscience et pour ça il faut avoir une mauvaise mémoire quoi, et ça suffit. Ça suffit largement ! Mais oui ! Mais aussi... vous faites chier !

Si les pauvres votaient à gauche, y a longtemps que ça s'rait de gauche comme pays ! Y a plus de pauvres en France ! Alors ? Qui c'est qui fout la merde ?

Et puis on perd rien si Debré peut pas se présenter. C'est pas grave hein, c'est pas... L'autre y va pas y arriver de toute façon ! Il est nul ! Debré, il est nul ! Y risque pas plus d'attraper un rhume de cerveau qu'un cul-de-jatte un cor aux pieds hein dans l'ensemble ! Ben non, y peut pas lui ! Y perd rien pour attendre.

Et alors attention, la rentrée politique ! *(Trois sifflets.)*

Vous avez vu Peyrefitte ? Tu le peins en vert, il joue

les extraterrestres hein celui-là ! C'est l'ambiance « Défense de gauler des noisettes sous peine d'amande ». Et ouais... Sécurité, liberté... dites c'est l'histoire de la chasse à l'ours ! Vous la connaissez la chasse à l'ours ?

— Aujourd'hui c'est la chasse à l'ours.

— Où cours-tu le lapin ? Tu ne risques rien, t'es pas un ours.

— Eh, t'es con ! J'ai pas mes papiers !

Voulez-vous que je vous dise ? Normalement ça devait être Poniatowski qu'était le président de la République. Mais avec un nom comme ça, il pouvait être président... En Pologne peut-être ! En France il aurait quand même du mal ! Y z'en font des épouvantails maintenant en France. Y mettent Poniatowski en épouvantail dans les champs et les oiseaux rapportent les graines maintenant ! Z'ont eu peur hein !

Les hommes politiques, si vous voulez, c'est comme les trous dans le gruyère. C'est indissociable : plus y a de gruyère, plus y a de trous, et malheureusement, plus y a de trous moins y a de gruyère ! Voyez-vous ? C'est pas très compliqué en fait !

J'vais vous dire quelques dates importantes :

1612 : Denis Papin invente la cocotte Seb.

1980 : Raymond Barre invente le « chômage central ».

Voyez-vous, c'est bien ! C'est Barre qu'a dit d'ailleurs : « Vous nous faites chier avec la misère ! Ça n'arrive qu'aux pauvres ! »

C'est vrai à la fin, c'est agaçant !... C'est pour ça

que les partis sont tout le temps en train de vous traiter d'ouvriers, de travailleurs. Ouais hé !

« Moi, je représente les travailleurs, les ouvriers. »

Hé, ça va pas non !

On est des fainéants, des branleurs nous alors ? Faut pas nous faire chier, non ! On est des drogués, d'abord ! On t'emmerde ! Alors, ça va pas ! Ouvrier toi-même !

— Hé, camarades morpions, adhérez à nos parties !

— Ça va pas non ! ... Ça va pas ?

— Ben... y sont obligés parce que la politique c'est comme le flirt : si on veut aller plus loin, faut aller plus près hein ? Un moment !

— Hé... On est obligés ?

— On est obligés !

— Camarades pauvres, serrez-vous la ceinture pendant cinq ans et après vous serez habitués ! Y aura plus de problèmes après ! C'est Valéry d'ailleurs qui a dit : « Le p'tit président qu'on a comme président, qu'on a gardé finalement, il était ministre des Finances avant, pendant sept ans, et puis on l'a élu président. »

Ça aussi si c'était les Belges qui avaient fait ça ! Tiens !

Il a dit : « Le plus inquiétant pour notre jeunesse, c'est la médiocrité de pensée de nos hommes politiques. »

Il a dit ça ! De Lecanuet p't-être il disait... J'sais pas. Il est bien Lecanuet. Il est propre hein ? Oh si, propre sur lui, genre VRP multicartes. Bonjour ! On sent qu'il est pas là par hasard hein ! C'est l'mec qui a le premier prix dans un concours de circonstances hein ! Quand même, on voit bien ! À propos de bombes à étrons, on lui a demandé son avis. Il a dit : « Monsieur, je ne suis pas ni pour ni contre. Bien au contraire ! »

C'est pour vous dire hein ! Eh oui ! Ah mais vous, vous êtes convaincus d'avoir raison. Évidemment les cons vaincus ont droit à une revanche normalement. Vous croyez, vous ? Vous croyez ! Vous pourriez l'apprendre.

Vous croyez que Giscard, Chirac, Mitterrand, Marchais, comme ça, ils sont ennemis ? Mais c'est pas vrai ! Ils sont liés comme les trois mousquetaires des quatre doigts de la main !

« Un pour tous, tous pourris ! »

(1980)

Si j'ai bien tout lu Freud...

Alors, si j'ai bien lu Freud, hum, le monde aurait deux problèmes : le cul et le fric.

Sachant que tout le monde a un cul, occupons-nous du fric ! Non, parce que le cul, on n'a pas le droit, hein ?

Oh ! là, là ! C'est sale, hein ? D'abord c'est sale et c'est vulgaire ! C'est vulgaire le cul ! Beurk !

La bite, les couilles, beurk ! C'est sale, c'est vulgaire ! On n'a pas le droit hein ! Et pourtant regardez... Et c'est pas des gros mots...

Cul, c'est pas un gros mot en fait ! Prenez lavement par exemple : c'est pas un gros mot lavement. Et puis c'est dans le cul, c'est de la merde, ça sort, c'est dégueulasse ! Y vous rentre de l'eau... Pfft... J'te raconte pas l'état du carrelage après...

Fistule, c'est pas un gros mot. Ça coule, c'est du pus, c'est dégueulasse. C'est dégueulasse !

C'est comme convergence, concupiscence, c'est pas des gros mots.

Uranus, orbite, tout ça... c'est pas des gros mots ! On a le droit de les dire. Vous pouvez les dire et tout !

Vis-à-vis des mœurs, alors là c'est très curieux !

On a des idées sur le cul là... et on a des mœurs là... On n'est pas emmerdés ! Ah oui !

Alors que maintenant y a des gonzesses en plus, c'est des libérées tout ça... zzz...

Alors t'as des gonzesses qu'arrivent en minijupes, le genre : « J'avais plein air, j'me suis habillée comme ça. »

Ben, heu ! Tu la regardes, t'as les yeux ébouriffés, tout ça.

T'es prêt à lui grimper aux rideaux ! Ben heu ! La gonzesse, rien qu'avec les yeux elle t'arrache la chemise... Hé hé hé, et puis tu peux pas y toucher ! T'es là, planté avec ton slip « couilles croisées de Playtex ». Tu vois ? Et tu peux pas bouger là. Tu peux pas bouger là, sans compter que ça tasse hein ? Ça tasse...

Moi, j'ai un camarade de couleur qui est très avantagé. Pas un Français hein ! Non, non, un Noir. Il est embêté avec. À chaque fois qu'il bande, il s'assomme. Hein... Passe une gonzesse, vlafff ! Il est emmerdé !

Dans les bals masqués, il s'habille en pompe à essence, alors ça va, comme ça il est peinard. Il est peinard ! Ouais ! il se met le tuyau sous l'bras et hop là ! Non, parce qu'en feuille de vigne, ils font pas sa taille hein !

Remarquez ça veut rien dire, hein, la grosseur de la bite hein ?

Moi, je m'suis renseigné parce que j'en ai une petite, moi ! J'y ai demandé aux gonzesses, alors elles m'ont dit :

« Non, non, mon vieux, c'est rien. Te casse pas, dors va, c'est rien. »

Non, non, paraît que ça sert à rien les grosses bites. D'ailleurs je vous ferai remarquer que c'est pas ceux qui ont les plus grandes oreilles qui entendent le mieux, hein !

Et d'autre part c'est pas ceux qui courent le plus vite qui sont les plus pressés non plus. Voyez-vous ?

Non, ce que je voulais vous dire, c'est que le sexe n'est pas une maladie.

En fait Freud a écrit beaucoup parce que Freud écrivait beaucoup à sa mère. Chère maman, la la la. Y a un mec, il lui a dit : « Vous pouvez me signer une décharge ? »

Il a dit : « Faut que j'remonte un peu mon stylo parce que là... c'est un petit peu en panne ! »

Non. Parce qu'y avait la solution des camps de nudisme... Vous savez ? Les camps de nudisme. Tous à poil.

— Bonjour ! Pfrouttt...

— Ça va ? Pfrouttt...

— C'est la nature...

— Non ! Moi, c'est les haricots...

C'est un autre genre. Y a un avantage. C'est le mec qui arrive devant une gonzesse. Il dit : « Je vous aime ! »

Elle dit : « Je vois, monsieur. Oui, ça, je vois ! »

Non, parce que maintenant y a des trucs. C'que je disais à ma femme l'autre jour. Parce qu'on parle des fois de ça aussi pendant les repas... J'disais à ma femme : « C'est vrai, on a des relations sexuelles, mais elles viennent pas souvent hein ! Hein ? »

Alors l'autre jour, je rentre, y avait un mec dans le plumard. Alors je commence à gueuler ! Elle me dit : « Gueule pas hein ! Regarde comment y fait déjà hein ! Parce que... »

Et alors on a des gosses. Ils vont à l'école, maintenant y a des cours d'éducation sexuelle à l'école ! On leur apprend à toucher la bite et tout hein !

L'autre jour, il venait pas dîner. J'suis allé voir dans les chiottes. J'ai dit : « Bon, quand t'auras fini tes devoirs, tu viens parce que... » Ça va pas ça ! Ça va pas... Ah non ! Et puis encore, la bite ça va hein ! La bite ça va encore. Mais alors la merde hein ! Oh ça, faut pas hein !

Tu rentres du boulot, tu dis : « Oh j'ai bien bossé aujourd'hui ! »

Ça tout le monde dit. Bon, ça va. Tu sors des chiottes, tu dis : « Oh ben, j'ai bien chié hein ! »

Oh non, ça va pas là, oh non ! Oh non, y a des trucs on n'a pas le droit hein ! On est drôlement emmerdés ! Oh oui, parce que faut dire que ça a toujours été considéré comme une maladie la bite. Parce que c'était des histoires. On disait tout le temps : « Oh ben des fois... dans l'désert... les mecs, les légionnaires, ils sont coincés ! Ils courent après les chèvres... tout ça... les petites chèvres comme ça... Mêêêh !!! ... Y a pas de mais, allez hop là ! »

C'est ça aussi qui fait, ça change tout ! Ben oui ! Puis moi avec les gonzesses, j'ai pas de chance ! À chaque fois que je tombe sur une, ou c'est elle, ou c'est moi qu'est marié !

Chaque fois c'est pareil ! Ah oui !

Et puis y a les aguicheuses. Les gonzesses qui arrivent *(deux sifflets)*, avec des p'tits nichons mignons : « Bonjour, ça va ? »

Tan-tan, tan-tan, Igor Barrère présente... Et puis après elles se barrent ! Bon alors ! Je lui fous l'feu moi ? Non ! Non, ça va pas ça !

Les filles... je tiens à vous le dire : « Con promis, chose due. »

Attention, c'est comme la bonne femme qui gueulait chez l'épicier : « Mon mari me fait cocue ! »

L'autre lui dit : « Vous avez du bol, moi, il me fait partout ! »

Alors c'est pour vous dire ! Ah non ! Ça va pas !

J'voudrais vous rappeler avant de vous quitter tranquille... J'voudrais vous rappeler la célèbre phrase de Confucius en ce qui concerne tout ça. Il a dit, Confucius, dans sa grande bonté : « Dans la vie, c'est vrai, il n'y a pas que le cul. Il y a aussi la bite et toutes les couilles. »

Merci Confucius !

(1980)

L’étudiant

Je me souviens quand j’étais p’tit à la maison, le plus dur, c’était la fin du mois... Surtout les trente derniers jours... Parce qu’à cette époque-là, mon père y travaillait à mi-temps, comme y disait. Y travaillait douze heures par jour seulement, le reste du temps, il faisait ce qu’il voulait. Il allait bosser avec son vélo ! Y revenait de bosser avec son vélo ! Il graissait son vélo ! Il dégraissait son pantalon ! Il faisait ce qu’il voulait.

À cette époque-là, y avait beaucoup de boulot pour les ouvriers. Ils étaient pas beaucoup payés, mais y avait beaucoup de boulot. Maintenant, ils sont mieux payés les ouvriers, mais c’est fini, y a plus de boulot. Et même, mon père, il avait été vingt-cinq ans dans la même crémerie. Viré ! Chômiste ! Jusqu’à la fin d’sa mort... toute sa vie...

Alors, il avait écrit dans les Administrations : « Monsieur, j’m’excuse de vous déranger pendant la sieste, alors, voilà, heu. J’ai fait tout qu’est-ce qu’on m’a dit, j’ai fait la guerre avec les Allemands... ou contre les Allemands d’ailleurs... » Avec, il faisait aussi !

« J'ai fait comme on m'a demandé deux enfants virgule six, j'en ai eu trois, j'ai pas trouvé la virgule. Bon. Et maintenant, j'ai plus de travail, je voudrais savoir qu'est-ce qu'il faut que je fais ? »

Et les mecs y ont répondu : « Écrivez-nous de quoi vous avez besoin, on vous expliquera comment vous en passer. »

C'est sympa, hein ! Ils sont pas obligés. Ils sont pas obligés !

Alors on s'est démerdés, parce que mon père il était philosophe. On s'est démerdés, parce qu'avant on était emmerdés à la maison avec l'argent qu'il gagnait mon père. C'était pas beaucoup. Après, on était emmerdés aussi, mais c'était avec l'argent qu'il gagnait pas. C'est pas qu'la différence était énorme, c'est qu'on était cinq sur la différence. Alors ! Un peu con.

Mais mon père était philosophe, il disait : « On a qu'à manger des artichauts. Les artichauts, c'est un vrai plat de pauvres. C'est le seul plat que quand t'as fini de manger, t'en as plus dans ton assiette que quand t'as commencé ! » Balèze hein, mon père !

Et surtout il dépensait beaucoup d'argent parce qu'il voulait que j'fais des études. Parce que ça coûte vachement cher les études ! Et pourtant, moi, j'faisais gaffe. J'étais un de ceux qu'étudiaient le moins. Eh ben, déjà ça coûte du pognon ! Eh j'suis allé vachement longtemps à l'école moi ! J'suis allé jusqu'à tant qu'ils ferment !

Ah ouais ! jusqu'à mai 1968, quand y a eu la guerre.

J'ai été à la faculté et tout, et j'ai eu comme professeur, j'ai eu le doyen de la faculté, moi j'ai eu, qui les avait plus ses facultés depuis un moment déjà, Orangina, on l'appelait.

Il était complètement secoué ! Oh, ben, nous on l'a remué, on lui a jamais décollé la pulpe du fond.

C'était un mec, il nous vendait de l'intelligence, il avait même pas un échantillon sur lui ! T'avoueras, hein ?

Mon père y voulait que j'fais des études parce qu'il voulait que je suis technocrate.

Parce qu'il disait : « Technocrate, c'est la nouvelle race des fainéants ! »

Mon père y disait : « Technocrates, c'est les mecs que quand tu leur poses une question, une fois qu'ils ont fini de répondre, tu comprends plus la question que t'as posée ! »

Mon père y disait : « Les technocrates, si on leur donnerait le Sahara, dans cinq ans il faudrait qu'ils achètent du sable ailleurs. » Balèze, hein, mon père ! Il était philosophe ! Hein !

Il était tout p'tit, il était philosophe. Tout l'monde le charriait tout l'temps : « T'es tout p'tit, t'es tout p'tit ! »

Mon père, y disait : « Dans la vie, y a pas d'grands, y a pas d'petits. La bonne longueur pour les jambes, c'est quand les pieds touchent bien par terre. » Balèze, hein !

Alors moi j'ai fait des études, alors jusqu'à mai 1968. Enfin quand j'dis mai 1968, c'est pas à moi, hein ! C'était au mois de mai 1968 qu'y a la guerre.

Enfin, on dit pas la guerre quand c'est les Français qui tirent sur les Français, on dit pas la guerre, on dit les événements. Y avait les événements. Y avait deux genres d'événements...

Y avait les événements en bleu marine, avec des fusils lance-grenades, des grosses grenades. Y z'ont fait des photos et puis dans l'journal. Bon, des grosses grenades qui piquent les yeux. Surtout parce qu'y visent la tête !

Et d'l'autre côté, y avait des événements avec des cheveux longs et des baskets. Hé ! Hé ! Hé ! Le quartier lapin on l'appelait. La chasse était ouverte, hein ! La formule c'était : « Rien ne sert de partir à point, y vaut mieux courir. »

Oh, on s'est marrés. C'était marrant, y a des mecs qui gueulaient : « Ce n'est qu'un début, continuons le combat ! »

Alors qu'en fait, c'était qu'un combat, fallait continuer le début. On s'en est aperçu après et les mecs alors y gueulaient.

Et puis y avait des manifs, très longues aussi, c'est ça surtout. Alors au début de la manif, y gueulaient un truc, on n'entendait pas la fin, alors y gueulaient : « À bas la répression, les manœuvres policières ! »

Et puis à la fin y gueulaient : « À bas les boutons pressions, vive les fermetures Éclair ! »

Allez, ben, ça va... Ça va, on est peinards. Ah, ouais, on s'est marrés, hein !

Alors, après, quand j'ai tout fini la guerre, j'suis été au service militaire. Encore pire ! Vous voyez pire, c'que c'est pire ? Eh ben, encore pire ! J'suis arrivé au service militaire, y avait le... l'alcoolique là, comment ça s'appelle ? Voilà, y avait l'adjudant, y m'dit :

— Alors toi, qu'est-ce que tu sais faire ?

— Ben, moi, m'sieu, je sais rien faire hein ! Je sors de l'école !

— Ah bon ? Pourquoi ? On vous apprend rien à l'école ?

— Hé, j'y dis, non ! Si vous y aviez été vous l'sauriez hein !

— Alors, y aurait la guerre, tu pourrais pas défendre ton pays ?

— Ben, j'y ait dit, ça dépend. Vous voulez la faire à qui la guerre ? Parce que, moi, je parle quatre langues !

Y m'a dit : « Quatre langues ! Reste-là, tu colleras les timbres ! »

J'ai pas été emmerdé hein !

Alors quand j'ai eu tout fini j'ai cherché un travail. C'est là que ça s'est gâté là ! Parce que, camarades étudiants, rappelez-vous ce que je vais vous dire : « Dans la vie c'est pas le tout d'avoir des bagages, faut savoir où les poser ! »

Alors dans ma banlieue que j'habitais, comme métier qu'on pouvait faire tout de suite, y avait voleur ; mais voleur c'est plus un métier maintenant ! C'est les flics qui tirent...

D'ailleurs les repris d'justesse, ils ont assez gueulé là : « Oui euh, maintenant vous comprenez, quand on braque quelqu'un dans la rue on est obligés de dire : n'ayez pas peur, on n'est pas de la police ! »

C'est quand même con hein ?

Alors y avait le suicide aussi qu'était bien.

Mais le suicide c'est une vengeance personnelle, et puis moi, personnellement, je m'en veux pas, moi ! Et puis si j'ai l'occasion, j'aimerais mieux mourir de mon vivant ! Alors je m'suis assis avec les pochetrons et j'ai appris un métier : clochard. Mais que eux y picolent, moi j'les roule... Mais je peux pas vous expliquer, parce que c'est interdit.

C'est de l'... C'est du... Ça peut pas faire de mal, c'est des plantes. C'est interdit, j'peux pas vous dire ! C'est des petites graines, vous d'mandez, tout le monde en a des petites graines. Vous plantez dans un bac Riviera sur la fenêtre, zzzz... et dès que vous voyez plus le poste de police en face là, vous coupez les feuilles, vous récupérez les graines et, bien séchées, dans l'pétard.

Sniff ! Ta la la ! Ta la la !

— Tu veux un taxi ?

— Non ! Appelle-moi le SAMU plutôt, va !

C'est bien hein ?... L'herbe, c'est bien ? L'pétard, tout ça. La bagnole... Pfft ! Hé hé hé !

« Venez là. Soufflez dans le ballon ! Y a rien, vous pouvez partir ! »

Mais je peux pas vous dire c'que c'est, c'est interdit. Ceux qui ont trouvé gagnent rien ! Alors il m'a dit : « Tu vois là, on est sur le banc, on est peinards ? L'hiver, dès que t'en as marre dehors, tu t'fais ramasser par la police ! Y nous emmènent dans les maisons qui nous désintostiquent ! Tout est payé ! Même le pinard ! »

La formule des clochards c'est : « Avec Nicolas vous y seriez déjà, avec Gévéor vous y seriez encore ! »

Allez les verres !

(1980)

J'm'en fous

La misère y paraît c'est un truc terrible.

La misère augmente énormément dans le monde. Tout augmente, c'est normal !

C'est bizarre, moi j'm'en fous de tout ça, j'arrive pas à m'intéresser... Et y a pire, j'ai pas honte !

J'ai lu dans les journaux, les mecs y disaient : « Ceux qui s'intéressent pas, c'est des cons. »

Moi je suis con ! Déjà vous avez pas l'air, mais alors moi !

Y a la guerre au Viêtnam, y a la guerre au Cambodge, y a la guerre en Iran, y a la guerre en Afrique. Ça s'approche hein ?

Et moi j'm'en fous ! Je préférais la guerre au Viêtnam à la guerre en Iran parce qu'elle était plus loin. J'trouvais ça plus sympathique.

Regarder les morts en Afrique à la télé en direct, Poivre d'Abord avec une petite chemisette, petite cotonne très mignonne :

— Eh bien, cher docteur, ce p'tit enfant a donc la famine et vous ne pourrez rien pour lui, il va mourir malgré tout c'que vous lui avez donné comme médicaments.

— Ben oui, voyez, l'œil ne réagit plus, voyez, je le pince, il ne bouge pas. Ça y est ! Il est mort !

— On va couper, elle est bonne !

Oh non ! Arrêtez là ! Arrêtez là ! Ils viennent mourir dans l'poste, maintenant. Non ! Y a des mecs qui meurent dans la famine pendant qu'on est à table. Arrêtez là !

Des mecs qui meurent dans la famine, on leur passe pas des images de mecs qui sont en train de bouffer, alors !

C'est marrant, moi j'm'en fous complètement hein ! Je me fous de tout !

Tiens, les Cambodgiens, y paraît qu'y en a plus.

Y paraît qu'il y a moins de Cambodgiens vivants que d'éléphants en Afrique !

Et pourtant, des éléphants y en avait pas lourd hein ?

C'était une race en voie de disparition... le Cambodgien, c'est pire !

Le mec qu'en a adopté un couple l'année dernière, il a fait une affaire ! On n'en trouve plus !

Simplement, on sait pas s'ils vont se reproduire en captivité, mais...

Eh ben, c'est marrant hein ! Moi j'arrive pas à m'intéresser, j'm'en fous de tout ça !

La pollution, c'est pareil mon vieux ! Maintenant les pétroliers viennent chier en Bretagne. Ils arrivent là... Pouah ! La Bretagne. Oh, les cormorans ! Pftt ! Pftt ! De toute façon, j'vais pas y aller en Bretagne, hein ?

Et puis même, mettons, j'vais être franc, j'vais être honnête, mettons qu'j'irais en vacances en Bretagne, ça m'intéresserait quand la pollution : juin, juillet, août... peut-être septembre ! Et puis le reste.

On va pas s'amuser à s'occuper. Ça va pas non !

Eh, mon vieux, les animaux c'est pareil ! On te dit : « Protégez les animaux, protégez les animaux. » Bon, en France, on élève des poulets, mais on les mange !

En Afrique ils élèvent des crocodiles, c'est les crocodiles qui les mangent !

Faudrait savoir s'il faut protéger les crocodiles ou les Africains en Afrique, hein !

Et Brigitte Bardot qui nous gonfle avec ses bébés phoques ! J'lui dis moi, j'fais du 41 en bébé phoque ! Si t'en trouves deux pareils, j'ferai scier les pattes, je ferai installer des fermetures Éclair !

On va pas se geler les tarpions pour que ces deux connards qu'on n'connaît même pas glissent sur la banquise. D'ailleurs pour danser là-bas, ils font banquise tout le temps.

La misère du monde n'est pas de dimension humaine.

Y en a trop d'misère, alors on s'occupe de la nôtre et puis quand on n'en a pas, on va pas s'en occuper, hein ! Un mec qu'aurait pas d'misère et qui s'occuperait d'misère, ce serait vraiment un con ! Ça s'appellerait utiliser son intelligence à ses dépens. Franchement...

Alors Dieu a qu'à s'en occuper dans ce cas-là ! Dans ce cas-là, moi j'prends Dieu, si on m'emmerde avec la guerre !

J'prends Dieu. C'est Dieu qui s'occupe de tout,

hein ? Moi, je sais pas, il est pas là en ce moment Dieu...

J'm'excuse hein ! Ça m'aurait fait plaisir. Il aurait pu vous défendre, il aurait dit de Gaulle, il vous aurait répondu lui-même, mais il est pas là.

Les mecs qui gueulent après la guerre y en a partout. La guerre, la guerre ! Ça existe pas tout seul ! Y faut bien trouver quelqu'un pour la faire, hein !

Les gens y gueulent après Hitler, mais on l'a surtout connu pendant la guerre cet homme-là. Puis de Gaulle lui doit tout. Mais oui.

Maintenant, ils enferment des intellectuels dans des goulaschs, avec des haricots rouges là. Le monde entier gueule pour avoir du boulot. On les met dans les camps de travail ! Y gueulent. Alors ?

Eh oui, mon vieux, les Russes y z'auraient pas fait les jeux Olympiques en Afghanistan, j'aurai même pas su où c'était, moi, l'Afghanistan... l'Afghanistan, le Turkistan, le Turc qui s'détend, est-ce que j'sais où c'est moi !

Moi je suis con hein, mais putain j'aime ça, hein ! Oh ! là, là ! Je sais qu'c'est mal de pas s'occuper d'la misère du monde, je le sens. Je me dis : « T'es bête ! T'es vraiment con, allez ! »

Alors je me dis : « La prochaine fois qu'il y a une nouvelle guerre c'est-à-dire la prochaine fois... Je m'occupe de tout ! Je saurai où c'est, qui a des frontières avec, qui a commencé, qui c'est qu'a envahi, si Joan Baez y est allée chanter. Je saurai tout ! »

Et puis j'm'intéresse trois semaines.

J'm'intéresse à la guerre au Cambodge là, l'autre

jour, et puis j'me suis aperçu que c'étaient les Vietnamiens qui la f'saient ! Pendant trente ans, moi, j'avais été pour les Vietnamiens qu'on allait faire chier. Dès qu'y z'ont été libérés, y z'ont envahi le Cambodge ! J'avais pas l'air con, tiens !

Ah ben, j'avais pas l'air con, moi, tiens !

« Ah ben, t'es pour les Vietnamiens et ils ont envahi le Cambodge ! »

Alors, la prochaine fois j'me dis j'm'occupe de tout, j'm'occupe trois semaines... J'laisse tomber.

Oh, j'suis con !

Heureusement que tout l'monde fait pas comme moi.

Ça s'rait un de ces bordels le monde ! D'ailleurs c'est un beau bordel, hein ?

Je m'demande si tout le monde ne fait pas comme moi !

(1980)

Les vacances

J'suis crevé !

Eh, dis donc, j'ai été en vacances et j'suis crevé !

Eh, allez pas en vacances hein ! Pfft !... J'ai voyagé, dis donc ! *(Sifflet.)* Comme y dit mon... : « Partir, c'est crever un pneu ! »

Oh, les voyages forment la jeunesse ! J'te raconte pas l'effet des valises aussi. Ça déforme les costards ! *(Sifflet.)*

Oh, j'ai voyagé !

J'ai été en Turquie... En Turquie j'ai été... Brrr... Déjà que les Turcs y restent, c'est pas normal. Alors que d'autres y aillent, c'est d'une connerie ça !

La Turquie ! Qu'est-ce que tu veux aller foutre en Turquie ? C'est nul ! Ils parlent pas français et tout en plus. C'est rare qu'on parle le turc ! Moi, je parle un peu turc. Mais enfin sous la torture surtout...

Non, j'ai été partout. Y avait la fête sainte à Lisieux. On a mis le pied dans la grotte, tout ça, pour voir, c'est gai.

C'est assez bien !

On a été au Chili aussi. C'est bien le Chili ! C'est un peu secret peut-être le Chili. Personne ne parle dans la rue, tout ça. Même les dentistes font faillite, les mecs veulent plus ouvrir la bouche là-bas ! J'ai vu un flic qui a demandé à un mec dans la rue :

— Qu'est-ce que t'en penses, toi ?

— Comme vous !

— Ben, je t'arrête alors !

Voilà ! C'est bien !

La Suisse, c'est mieux, la Suisse ! C'est clean d'abord. C'est très très propre et puis surtout y a pas d'pauvres... Ou alors, y sont pas suisses ! C'est ça qu'est bien. Ça c'est très très bien. La Suisse c'est sympa. Le matin vous mettez la radio : « Lever... baisser... lever... baisser... Bon, maintenant l'autre paupière. »

Moi, j'ai rien contre les étrangers, parce que d'abord ils sont plus nombreux, donc y a quèque chose... J'ai rien contre les étrangers. Le problème, c'est que, d'une part, ils parlent pas français pour la plupart...

T'arrives à Marrakech avec un plan de Paris, t'es perdu ! Y a pas une rue qui correspond ! Y a rien. Que dalle. Quand même y pourraient faire... Y s'arrangeraient... Ça serait aussi agréable pour les mecs de Marrakech quand ils viennent à Paris avec le plan de Marrakech de retrouver... C'est vraiment d'une connerie ça alors !

Et puis surtout ce qui est très emmerdant à l'étranger, c'est qu'il faut manger ce qu'ils ont...

Mon vieux, tu travailles onze mois de l'année, tu vas en voyage aux Indes... tu manges de la merde ! Ils mangent des boulettes, t'emmènes le chien, il les veut pas les boulettes ! Ils mangent de la merde, hein ? Il faudrait faire attention, on est à table, hein ! Quand même ! Et puis en plus, tu peux manger épicé, hein ? Pas en même temps, mais enfin... J'te raconte pas la douane le lendemain... T'as intérêt à t'mettre des caleçons bout filtre ! *(Sifflet.)* Oh ! là, là ! la fête dans les chiottes ! Là ! Là ! J'te raconte pas le décor là, hein ! Le p'tit chapeau de clown et tout hein... Oh, ouais ! c'est bien. Oh, ouais ! sans ça le reste c'est bien.

J'ai vu la Grèce ! On est allés en Grèce en bateau... On est arrivés, le capitaine a dit : « Tout le monde a fini d'écrire ? Je jette l'encre ! » Bon alors... On est arrivés. On a posé le pied.

La Grèce, c'est que des pauvres aussi... Pfft ! C'est des pauvres Grecs eux. Les autres c'est des pauvres Turcs et eux, c'est des pauvres Grecs. Vraiment y sont pauvres ! Chaque fois qu'ils mangent du poisson, ils gardent la queue pour peindre ! C'est pour vous dire.

Rien, ils ont rien. Les arêtes pour se peigner et tout, y s'les récupèrent. Ils font tout avec. Ils gonflent les poissons, ils font des lampes de chevet. Voyez l'coup ? J'te raconte pas.

En Afrique aussi c'est bien ! Mais les Africains se méfient... « Ça doit être des Blancs ! »

Parce qu'au début, c'était des curés qui allaient en Afrique. On avait envoyé des curés avec des grandes robes, comme pour aller aux fourmis. Voyez ? Alors ils arrivaient : « Bonjour, amis africains, nous venons pour pacifier, et tout ça... »

Les mecs ont dit : « Oh ! là, là ! Faut pas s'y fier. »

C'est bien l'Afrique, sauf quand y gueulent à table !

Faut faire gaffe, des fois c'est toi qu'ils bouffent. Mais sans ça le reste c'est bien. C'est bien.

Les Arabes aussi ont fait beaucoup de progrès.

Enfin, j'suis pas allé en Arabie moi, j'suis allé à Cannes... Mais ils ont fait beaucoup de progrès... J'ai entendu dire que les femmes étaient voilées... Bon, c'est pas grave hein ? On les dévoile. Ça, c'est rien !

Tiens, j'en ai vu un, moi, qui est arrivé dans un hôtel à Cannes, il a mis le doigt dans une porte, il a dit à son second : « Vite, va m'acheter une clinique ! »

C'est pour vous dire, ils peuvent ! Ils ont les moyens. C'est des drôles de... Les étrangers sont plus nombreux !

J'ai fait l'Angleterre en autocar. J'vous l'conseille pas...

J'ai fait l'Australie en kangourou. Heu ! Faut pas l'faire non plus, c'est pas bon !

La Suède, c'est bien la Suède... Ils jouent bien au tennis. Moi, je joue au ping-pong, moi. C'est bien aussi. C'est pareil hein ? Le tennis et le ping-pong, c'est pareil. Sauf qu'au tennis ils sont debout sur la table. Sans ça, c'est la même chose !

La Chine aussi c'est bien, la Chine, c'est gai. Plus on est de fous, moins y a de riz ! Tous ça... Alors ils ont laissé les portes ouvertes pour la première fois en Chine. Vous savez l'événement politique du siècle, c'est que la Chine a acheté des Coca-Cola et que les bouteilles sont consignées... en Amérique. Ça, c'est le plus grand événement, ça, du siècle ! Alors j'ai demandé à un Chinois qui parlait turc. J'y ai dit : « Mais vous avez pas peur de voir les Blancs arriver comme ça ? »

Il m'a dit : « Oh non, on n'a pas peur du mélange, non, non ! »

Je lui ai dit : « Pourquoi ? Simplement parce que vous êtes nombreux ? »

Il a dit : « Non, non ! Même pas, même pas ! »

Il a dit, même pas ! Y a un proverbe chinois : « Vous voyez dans un œuf, y a du blanc et du jaune. Eh bien, plus on mélange, plus il n'y a que du jaune ! »

Ah, oui ! Alors ça fout les moules un peu quand même !

Sans ça, j'ai fait l'Espagne aussi. L'Espagne c'est bien ! Faut pas l'faire en camion, mais c'est bien ! C'est pauvre ! Il y a une misère en Espagne ! T'enlèves la misère à l'Espagne, il reste l'Espagne. Et déjà les Espagnols veulent pas y vivre ! Alors nous... Surtout, ce qu'il y a de pire en Espagne c'est qu'y a pas de viande du tout. Les boucheries, c'est un cirque ! D'ailleurs, c'est dans un cirque. Ils lâchent un bœuf, et le boucher court après avec une épée. Tu le crois ça ?

Il arrive avec un costard en poisson. Parce que y z'ont pas de viande, mais les bouchers sont bien sapés, hein, là-bas ! Ils arrivent avec un manteau pour agacer la bête, et tout... et y a tous les mecs qui attendent pour bouffer. À chaque fois qu'il le rate, ils font : Olé !

Ils attendent eux les mecs... Y a pas de viande, hein ! Le mec qui tue l'animal, il a deux oreilles et la queue... C'est pour vous dire !

Y a vraiment rien à becqueter.

(1980)

Fâché avec tout le monde

On s'fait pas chier hein ! Hein ?

Pas moi en tout cas !

Ah, dis donc ! C'est un beau métier hein ! On branle rien, hein, quand même ! Vous vous rendez compte à quelle heure j'commence à bosser ? Vous allez voir à quelle heure j'vais finir. Vous allez voir !

En plus, c'est formidable, parce que moi, ça fait pas longtemps qu'je suis dans le show-business, mais j'ai connu plein d'vedettes !

C'est vachement sympa les vedettes ! J'connais personnellement Guy Lux et tout ça, hein ! Mais j'te dis qu'si !

On dit que du mal des vedettes, mais ils sont pas tous comme on dit hein ?

Paraît que Danièle Gilbert elle est beaucoup moins con qu'elle a l'air ! Elle a pas d'mal, hein ?

Enfin quand même, c'est sympa !

Paraît aussi que Sylvie Vartan, elle a encore fait des progrès ! Ça fait dix-huit ans maintenant qu'elle fait des progrès. Moi, j'vais pas la voir. J'attends qu'elle ait tout fini, les progrès. Comme ça, j'verrai tout d'un coup.

Non, mais c'est vrai, c'est un métier, on fait un métier d'cons !

Tout le monde connaît l'métier ; maintenant tu lis le journal, tu connais la vie des vedettes, maintenant !

Alors qu'est-ce que j'ai lu dans l'journal ? Il paraît que pour faire un disque, il faut coucher avec le producteur. Tu vois la gueule du producteur qu'a fait faire un disque à Sim !

Ah non ! C'est spécial !

Y a des mecs en plus qui sont très gentils dans l'métier !

On a des camarades chanteurs qui sont vraiment... Moi, j'aime pas dire du mal...

Mais y a des mecs gentils, hein ! C'est vrai.

Hugues Aufray, il est gentil. Ah, j'veux pas dire du mal hein ! mais vraiment Hugues Aufray, il est gentil.

Et puis en plus on charrie tout le temps les mêmes, sous prétexte que... tout ça...

Y a longtemps qu'ils traînent dans l'métier.

Alors, vous prenez Line Renaud. Elle se fait tout le temps charrier parce que maintenant, quand c'est son anniversaire, ça coûte plus cher en bougies qu'en gâteau !

On commence à gueuler qu'elle a été la petite amie de camarade de jeux à Ramsès II, des conneries comme ça ! Non ! C'qui est vrai, c'est qui y ont refait la poitrine avec de la peau d'coudes et que c'est moche. On dirait deux gants de toilette qu'elle a posés. Elle a tout rétréci. On a tiré sur la peau !

Avant elle chaussait 38, elle fait plus que 37 maintenant !

Ils ont rentré les ongles, clac ! Ils ont sauté comme ça !

Paraît que Joe Dassin et Dalida peuvent pas s'voir.

Et puis, y a pas que des lumières !

Rika Zaraï, elle est inculte hein ? Et je suis poli !

Et Daniel Gérard, faut pas être con ! Il avait le choix entre le chapeau de Bob Dylan et le talent de Bob Dylan...

Il a pris quoi d'après vous ? Le chapeau. Merci !

Mireille Mathieu est très gentille. Elle a intérêt, parce que l'autre il y arrache les piles, elle rentre à pied.

Plastic Bertrand, il paraît qu'c'est pas lui qui chante !

J'ai même entendu, il paraît qu'c'est pas lui qui danse.

De toute façon, Plastic Bertrand, c'est pas son vrai nom !

Ils prennent des pseudonymes les mecs. Si ça marche pas, z'en prennent un autre.

C'est comme les chirurgiens, vous verrez, ils ont un masque. Ils veulent pas qu'on les reconnaisse après !

Eh ben, il paraît que pourtant Serge Gainsbourg, c'est son vrai nom lui. Gainsbourg, un nom comme ça ! Son père a dû être shérif pendant la guerre... Ambiance un peu... cornichon qui trempe dans le bocal...

Jane, elle est mignonne Jane !

Elle a un peu appris le français avec Tarzan, mais enfin, elle est mignonne :

— Moi Tarzan, toi bonjour !

— Non, je dis bonjour Tarzan !

— Oui, moi Tarzan, toi bonjour !

— Non, non ! Bon il est con, qui c'est ?

— C'est un singe.

— Ah, bon !

Puis finalement elle a épousé Chita.

Eh ben, tiens ! Sheila justement ! Ben tiens ! J'suis bien content qu'on en parle. Avec tous ces bruits qui courent, comme quoi elle a été opérée, ceci, cela... C'est pas vrai !

Sheila c'est une fille. Comme Dave !

Oh, c'est un beau métier hein ! On s'marre bien !

Moustaki, il a eu un accident de blues. Il chantait sur un grand tabouret, il est tombé ! Il chante par terre maintenant, il est peinard.

(1980)

J'tap' un doigt

Paroles et musique de Gérard Pinzano,
Jean-Pierre Alcouffe & Jean-Louis d'Onorio

Alice est partie aux groseilles
Mais y a du soleil et les filles sont bell's
Amèn'toi j'te fais la gross' bêt'
Mets tes confettis on va fair' la fêt'
On va fair' la fêt' on va fair' la fêt'

J'tap' un doigt
J'tap' deux doigts
J'tap' des doigts
J'tap' un' main
J'tap' deux mains
J'tap' des mains
J'tap' le cul à da-da sur mon coussin
J'tap' un pied
J'tap' deux pieds
J'tap' des pieds
J'tap' un pied

Tu vois je vis au jour le jour

Pas beaucoup d'argent mais beaucoup d'amour
Trop souvent tu tiens la chandelle

Aujourd'hui tu chantes que la vie est belle
Que la vie est belle
Que la vie est belle

Même si parfois t'en as marre
Si tu traînes un peu si t'as le cafard
Y a pas d'avenir sur la Terre
Embrasse-moi j'attends la guerre nucléaire
La guerre nucléaire

J'tap' un doigt
J'tap' deux doigts
J'tap' des doigts
J'tap' un' main
J'tap' deux mains
J'tap' des mains
J'tap' mes fesses sur la tête de ma gonzesse
J'tap' un pied
J'tap' deux pieds
J'tap' des pieds
J'tap' un pied.

(1981)

La guitare enragée

Paroles et musique de Coluche

Mon père est mort à la guerre
Mon frère se tue au travail
Et les salauds s'en moquent bien
Que l'on crève comme des chiens
Les salauds
Les salauds

C'est à la sueur de notre front
Que les salauds gagnent leur pognon
Et ils nous jettent pour faire ripaille
Les miettes de notre travail
Les salauds
Les salauds

Oui mais un jour on sera forts
Et dans les villes et dans les ports
Les hommes lèveront leurs poings
Pour foutre sur la gueule des rupins
Des salauds

JE CHERCHE COLUCHE.
CONTINUEZ. VOUS ALLEZ LE TROUVER.
WOLINSKI

Alors ils nous enverront leur police
Mais comme on sera les plus nombreux
On leur foutra sur la gueule
Non mais ! Les salauds
Et moi si y en a un qui me cherche
Je lui casse ma guitare sur la tête.

(1982)

La fanfare

Sketch à 6 personnes.

COLUCHE – Salut les mecs.

LES MECS – Ah ! salut Coluche.

UN MEC – Dis donc t'es en retard.

COLUCHE – Et je viens en vélo de La Garenne, moi !

UN AUTRE MEC – Oui, un mec averti en vaut deux.

COLUCHE – Qu'est-ce que vous dites là ?

UN MEC – Non, en t'attendant, on discutait, et je lui disais qu'un mec averti en vaut deux.

COLUCHE – Normaux, les mecs, normaux.

UN MEC – Ouais ! ouais ! un mec averti en vaut deux.

UN AUTRE MEC – Qu'est-ce que vous dites ?

LES AUTRES MECS – Qu'est-ce que vous dites ?

COLUCHE – Non, on discutait comme quoi un homme averti en vaut deux, tu vois.

LES MECS – Ah ouais, et alors ?

UN MEC – Ça a des avantages et des inconvénients, ça !

COLUCHE – Ah ouais !

Les autres mecs – Ah bon, comment ça ?

Coluche – Ben imagine, on t'avertit d'un truc que tu sais, t'es peinard, mais on t'avertit d'un truc que t'as rien à foutre... t'as l'air de deux cons...

Les autres mecs – Ah ouais !

Un autre mec – Mais dis donc, si tu dois gifler un mec et que tu le préviens, t'es obligé d'en gifler deux, alors ?

Coluche – T'as intérêt à y faire la surprise, au mec ! Mais moi, je vais te dire... T'as le contraire aussi... T'as des mecs, y se croient deux, ils sont tout seuls, hein. T'as des mecs ! moi j'en ai connu un mec comme ça qu'était un homme averti qu'en vaut deux et qu'était tout seul. Eh bien, ils étaient bien emmerdés le mec...

Les autres mecs – Comment ça ?

Coluche – T'en as toujours un qui le sait pas sur les deux. Imagine, moi je suis là, les mecs ils arrivent, ils sont deux, il est tout seul...

Les autres mecs – Comment ? Toi là, les deux, seuls ?

Coluche – Bon, bougez pas, je vous le fais. Suivez les mecs... Alors moi je suis là, les mecs y z'arrivent, il est tout seul. Alors moi je lui tiens. Tiens, salut, ça va, toi, ça va. Qu'est-ce que t'as foutu, et tout, tu vois... le mec sympa, quoi ! L'autre y me fait... ouais, on s'est baladés, on est allés au cinéma, tout ça... Alors la gueule de l'autre ! Oui, moi, on me dit pas bonjour, alors, je suis juif, je sens le gaz ? Ouarff !

Les autres mecs – Oh ! là, là ! c'est pas croyable !

Un autre mec – Mais dis donc si les mecs y arrêteraient pas de se prévenir, y arrêteraient pas de se multiplier...

UN AUTRE MEC – Ben les Chinois, c'est comme ça, les Chinois, ils sont douze au départ.

COLUCHE – Ah ouais, je les ai vus, les Chinois, y arrêtent pas. Tiens là-bas c'est comme ça ! Tiens, salut toi, salut. Dis donc, t'es au courant que... ouais ! Deux de plus.

LES AUTRES MECS – Oh ! là, là !

UN AUTRE MEC – Moi j'ai connu un mec et il était agent double et le mec il en a prévenu un autre, agent double quoi, eh bien, ils se sont retrouvés à huit.

COLUCHE – Ah ouais ?

LE MÊME – Ben oui parce que lui il était deux déjà... et l'autre... aussi, alors !

COLUCHE – Oui, deux fois deux huit, c'est ça ?

LE MÊME – Deux fois deux fois deux...

COLUCHE – Ouais ! c'est des conneries tout ça.

UN AUTRE MEC – Mais ça marche pour les bagnoles aussi, alors !

LES AUTRES MECS – Ah ! ça peut pas.

COLUCHE – Comment ça ?

UN AUTRE MEC – Ben, c'est-à-dire que si tu veux doubler une bagnole et que tu l'avertis, t'es obligé d'en doubler deux.

COLUCHE – Ah ! je sais pas, mais moi je vais te dire un truc. T'es quatre dans ta bagnole, tu dis, attention, je double : t'as surcharge.

LES AUTRES MECS – Oh ! là, là !

COLUCHE – Moi j'ai connu un mec, parce qu'à un moment je connaissais des mecs, eh bien, j'ai connu un mec qu'était un homme averti qu'en vaut deux et qu'était tout seul et le mec était dans la jungle. C'était son boulot, tu vois, y a des mecs y sont routiers, lui il était dans la jungle mais sympa quand même. Alors le mec, il était dans la jungle et y marchait peinard. Au bout d'un moment qu'il marchait dans la jungle, il tombe nez à nez avec un lion, dis donc, un lion normal, 400 kilos de muscles, et on a beau dire mais ça surprend !

UN AUTRE MEC – Moins dans la jungle qu'ailleurs.

COLUCHE – Oui, le mec, mais le lion, y peut pas s'y attendre, tu vois. Imagine un lion y cherche un resto et y tombe sur un menu touristique, tu vois ? Alors, ils se regardaient et on sentait comme un malaise. On se disait : « Y en a un qui va bouffer l'autre », et le mec y se voyait pas en train de tout finir alors que le lion si y commence t'es obligé d'y compter tout.

LES AUTRES MECS – Et alors ?

COLUCHE – Et, à ce moment-là, y a un autre mec qui était derrière qui le prévient, tu vois, qui l'avertit et y lui dit : « Attention le lion va te bouffer ! »

LES AUTRES MECS – Et alors ?

COLUCHE – Non, parce qu'on disait un homme averti en vaut deux, alors je...

LES AUTRES MECS – Mais... le lion ?

COLUCHE – Ah, le lion ! Eh bien, il a bouffé l'autre.

LES AUTRES MECS – Oh ! là, là !

COLUCHE – Il avait qu'à fermer sa gueule ! De toute façon, que le lion y bouffe l'un ou l'autre, il s'en sort le mec !

LES AUTRES MECS – Ah bon !

COLUCHE – Bon alors on reprend la musique à Pim pam poum...

(Musique jouée par tous et couverte surtout par le musicien de la grosse caisse.)

COLUCHE À CE MEC – Justement on voulait t'en causer l'autre dimanche, tu vois, c'est bien ce que tu fais, bon, mais le rythme n'a pas besoin d'être soutenu comme ça.

LES AUTRES MECS – Oh, ce qu'il est dur !

LE MEC – Mais fais-le à ma place.

COLUCHE – Ah non, les mecs, faudrait savoir ce que vous voulez ! Quand il est pas là, vous me dites de lui dire. Écoutez, je veux pas m'engueuler avec les musiciens, je connais rien à la musique, mais j'entends aussi bien que les mecs qui achètent des disques. Faut pas nous prendre pour des cons, hein ! Non, y en a un de vous qui joue trop fort de la grosse caisse et c'est tout !

LE MEC – Tu la veux sur la tête, la grosse caisse ?

COLUCHE – Mais je dis pas ça pour toi.

LE MEC – Bon alors, qu'est-ce que je fais ?

COLUCHE – Tu fais pareil, mais tu soulignes plus les nuances. Bon, on reprend.

(Même musique, solo saxophone qui se prolonge trop.)

COLUCHE – Eh, on est plusieurs, on peut te jouer quelque chose...

(La musique recommence... pendant que les autres jouent, Coluche s'arrête et parle au public.)

COLUCHE – Moi je joue pas tout le temps, parce que la trompette c'est difficile, c'est vrai... parce que les autres y z'ont des gros tuyaux, y peuvent souffler c'est pas fatigant, ou alors c'est des sifflets, c'est facile ! Tandis que la trompette ! C'est vachement dur, parce que là, c'est un tout petit tuyau, alors il faut vachement pincer les lèvres, alors l'air y passe par là, il tourne ici, jusque-là ça va ? Après il ne passe là que si j'appuie là, vous voyez le merdier que c'est, hein ! Et puis moi je m'emmerde à respirer, et ça consomme un maximum, et l'air je le paume, je veux dire je le récupère pas, hein ? Alors je souffle ici et ça se barre par là ! Quoique c'est certainement plus facile que d'aspirer par là. Je dis peut-être une connerie, j'ai pas essayé, mais vous voyez comme c'est un petit tuyau ? On est obligés de vachement pincer les lèvres !

LES AUTRES MECS – *(Qui entre-temps se sont arrêtés de jouer.)* Oui, ben justement, pince-les tes lèvres et joue.

COLUCHE – Mais j'explique, les gens savent pas.

LES AUTRES MECS – Ben, tu leur expliqueras plus tard...

COLUCHE – *(Au public :)* Bon, vous venez un autre jour, je vous explique, hein !

UN MUSICIEN – Bon alors 3-4, qu'est-ce qui dit 3-4 ?

COLUCHE – Ben, c'est toi, tu viens de le dire.

LES AUTRES MECS – Quoi, qu'est-ce qu'il y a ?

COLUCHE – Ben, il dit 3-4 et y demande qui est-ce qui dit 3-4, c'est comme si je disais 3-4 et que je demande qui est-ce qui le dit, c'est aussi con !

LES AUTRES MECS – Ah oui, oui !

LE MUSICIEN – Non, je disais 3-4 pour qu'on démarre tous ensemble.

LES AUTRES MECS – Mais c'est Coluche qui démarre tout seul.

COLUCHE – Oui, en plus, je démarre tout seul, alors tu vois.

LE MUSICIEN – Je disais ça pour qu'on gagne du temps.

COLUCHE – Oui, c'est gentil, mais t'as vu le temps qu'on paume !

LE MUSICIEN – Oui, mais c'est une convention en musique.

LES AUTRES MECS – Ah, oui, en musique, c'est une convention pour démarrer ensemble.

COLUCHE – Oui, c'est bien, mais on démarre pas ensemble, parce que justement je démarre tout seul.

LE MUSICIEN ET LES AUTRES – Oui, mais c'est vrai en musique c'est une convention parce que...

COLUCHE – Mais c'est moi qui démarre tout seul, merde. *(Au musicien :)* Est-ce que je dis 3-4 quand tu démarres ?

LE MUSICIEN – Mais je démarre jamais moi !

COLUCHE – Ouais ! mais t'as vu de quoi tu joues !

(Tous les musiciens se mettent en position pour jouer et attendent pour démarrer. Au bout d'un long moment :)

COLUCHE – Tu vas voir le coup qu'il n'y en a pas un qui va le dire, hein ! Alors, je vais compter dans ma tête et vous n'en saurez rien ! Peut-être que je vais démarrer à 7 au lieu de 4, ça va être joli, tiens ! Enfin, bon, on y va...

(La musique démarre et le morceau se termine. À la fin, ils se lèvent tous et se serrent la main.)

COLUCHE ET LES AUTRES – Bon, salut, alors et à dimanche, salut !

(1982)

3-4

Musique (accord).

UN MUSICIEN – On y va, hein ?

COLUCHE – Oui, on y va !

LE MUSICIEN – 3-4.

Musique (trompette, sax).

COLUCHE – Merde, alors ! Fais chier lui, alors ! On va pas coucher là !

UN MUSICIEN – Deux mois de répétition, bravo...

COLUCHE – Bravo les mecs ! Ouais, aujourd'hui on l'fait sans partition, t'as vu ?

Musique (trompette, sax, batterie trop forte).

UN MUSICIEN – Pourquoi vous vous êtes arrêtés ?

COLUCHE – Si tu veux, c'est bien quoi ; mais comme on essaie d'avoir un peu un son de groupe, tu vois j'veux dire, on a... tout l'monde peut pas être soliste quoi... j'veux dire, y a des...

Si tu veux c'est bien, le rythme n'a pas besoin d'être soutenu tant que ça, tu vois !

LE MUSICIEN – C'est p't'être pas bien, c'est ça, tu veux le faire à ma place, tu...

COLUCHE – Si tu l'fais bien, mais...

LE MUSICIEN – Fais chier !

COLUCHE – Bon les mecs, arrêtez, bon alors, s'il vous plaît ! Non, moi j'm'en fous, bon, j'veux pas m'engueuler avec les musiciens ! Bon, les mecs, moi j'y connais rien à la musique... J'aime pas donner mon avis, bon d'accord ! Hein ? Seulement j'entends aussi bien que les mecs qu'y achètent les disques, hein ? Faut pas nous prendre pour des cons, hein ! Bon y en a un de vous qu'y joue trop fort de la grosse caisse, puis c'est tout !

LE BATTEUR – Dis donc, c'est pas à moi qu'tu parles, là ?

COLUCHE – Mais non ! Je dis pas ça pour toi...

LE BATTEUR – C'est pour ça qu'tu parles. Hé, y a pas de quoi s'vanter, hein !

UN MUSICIEN – Hé ! vous engueulez pas... quoi.

COLUCHE – Fais plus les nuances...

LE BATTEUR – Hé, heu, dis donc !

COLUCHE – Souligne moins les autres temps et fais plus les nuances !

LE BATTEUR – Vous m'avez dit d'marquer la m'sure, moi, j'marque la m'sure mon pote !

Musique (trompette, sax, grosse caisse).

COLUCHE – Je joue pas tout le temps moi, hein ! J'suis la trompette c'est crevant comme instrument, parce que eux y ont des... *(Solo sax.)* Y va faire une heure c'lui-là, je le suis chaque fois une heure...

LES MUSICIENS – Oh, oh, oh ! *(Coups de caisse.)* On t'gêne ?

UN MUSICIEN – On est plusieurs si tu veux ? On fait des tubes ?

COLUCHE – Ah ! quand il a la balle celui-là !

Musique (trompette, sax, cuivres).

Pfouff ! Moi, j'vois moi y a des moments où j'm'arrête de jouer parce que j'dérange plus que j'arrange ! Parce que la trompette c'est, faut dire aussi qu'c'est le plus dur, hein ! Parc'qu'avant je jouais du gros... tuba... alors le tuba ça va parc'que c'est un gros tuyau alors on fait prout prout prout... Tu peux faire prout prout des heures, comme ça dans l'tuyau. *(Arrêt de la musique.)* Tandis qu'là y a un tout petit tuyau, on est obligés d'vachement se dém'ner ! Parc'que s'tu veux y a le... l'air passe là, tu vois ! Y fait l'tour ici ! Bon, jusque-là ça va, peinard l'air ! Après y vient là. Bon là ça commence à s'gâter. Y en a même qui passe ici, tu vois ! Y en a pas beaucoup mais y en a. Alors y passe là et ici c'est tout petit le trou. Et là c'est quand même, c'est quand même gros l'trompette là ici, tu vois ! Alors on est obligés d'vachement pincer les lèvres puisque sans ça on arrive pas.

LES MUSICIENS – Bon, justement, t'as vu l'heure ? On n'a pas qu'ça à faire, quoi !

COLUCHE – Non, mais j'explique, si c'est pas...

UN MUSICIEN – Un autre jour, écoute, oh !

COLUCHE – Bon ! Tu viens un autre jour, j't'explique !

UN MUSICIEN – Bon, allez 3-4. Qui c'est qui dit 3-4 ?

COLUCHE – Bah, c'est toi ! Tu viens d'le dire. Il dit 3-4, y demande qui c'est qui dit 3-4 ! C'est comme si j'disais 3-4 et que j'dis : « Qui c'est qui dit 3-4 ? » C'est pareil, exactement pareil ! C'est pareil.

LE MUSICIEN – Ouais ouais ! Dis-le alors !

COLUCHE – Et en plus t'as pas à l'dire.

LE MUSICIEN – En plus, c'est toi qui commences en plus !

COLUCHE – C'est moi qui commence exactement. Il a pas besoin d'le dire !

LE MUSICIEN – Non mais j'dis 3-4 heu, c'est pour qu'on démarre tous ensemble.

COLUCHE – Oui, mais t'es gentil, mais on démarre pas tous ensemble ! J'démarre tout seul... J'fais *Ta-a-a ma ma ma ma*. Il a pas besoin de dire 3-4 quand c'est moi qui démarre, y dit 3-4 quand on démarre tous ensemble ; à ce moment-là on dit 3-4 et on démarre.

LE MUSICIEN – Alors vas-y, démarre alors...

COLUCHE – Mais il a pas à dire... Est-c'que je dis 3-4 quand tu démarres ?

LE MUSICIEN – J'démarre jamais moi !

COLUCHE – Non mais... t'as vu de quoi tu joues aussi ?

LE MUSICIEN – Hé, il a pas à dire 3-4 quand c'est moi qui démarre !

Musique (trompette, sax, caisse).

TOUS – Tsouin, tsouin !

(1982)

Un train peut en cacher un autre

UN MUSICIEN – Alors, qu'est-ce que t'as foutu ?

COLUCHE – Ben, j'ai fait un gala avec Frida Boccara.

LE MUSICIEN – Elle existe encore ?

COLUCHE – Elle est morte, mais elle le sait pas !

LE MUSICIEN – Ça lui fait quel âge ?

COLUCHE – Oh ! ça doit bien lui faire... Oh, oui, facile... parce que Dalida a trente-six ans...

LE MUSICIEN – De métier ?

COLUCHE – Oui ! Alors tu vois !

LE MUSICIEN – Ah ! oui, elle est plus jeune jeune.

COLUCHE – Non, elle est pas vieille vieille.

LE MUSICIEN – Mais elle est plus jeune jeune.

COLUCHE – Non, ben, on peut pas être toujours jeune...

LE MUSICIEN – Alors ta bagnole ?

COLUCHE – Ça marche, on a été à Deauville avec. Impeccable !

LE MUSICIEN – Oh ! c'est comme toutes les bagnoles, ça consomme un peu.

COLUCHE – Oui, mais celle-là ! Pas tellement.

Non, elle bouffe pas beaucoup... de l'huile si, mais de l'essence pas beaucoup.

LE MUSICIEN – C'est toujours ça d'économisé, sauf que l'huile c'est plus cher que l'essence.

COLUCHE – Il a fait beau, on a décapoté.

LE MUSICIEN – Ah ! c'est agréable, moi aussi j'ai décapoté dimanche.

COLUCHE – Ben, on s'est emmerdés, on a mis deux heures pour décapoter la bagnole... à quatre dessus.

LE MUSICIEN – C'est bizarre parce que la mienne, en trois minutes...

COLUCHE – Oui, mais toi t'as une décapotable !

COLUCHE – Ah ben, dites, je suis en retard. J'ai raté mon train. J'ai été obligé de venir à pied !

UN MUSICIEN – Pourquoi ?

COLUCHE – Parce que mon train était caché, je l'ai pas vu !

LE MUSICIEN – Ah, faut faire gaffe !

COLUCHE – Ben oui, pourtant c'est marqué partout : « Attention, un train peut en cacher un autre », mais on fait pas gaffe.

LE MUSICIEN – Et justement tu devais prendre un autre et il était caché par un train.

COLUCHE – Non, je devais prendre un autre qui était caché par un autre.

LE MUSICIEN – Ben comment ça ?

COLUCHE – Ben, si un train peut en cacher un autre, un autre peut cacher un train !

LE MUSICIEN – Oui, mais t'aurais pu prendre l'autre.

COLUCHE – Mais non ! L'autre y venait pas là.

LE MUSICIEN – Pis suivant que tu es sur un quai ou sur l'autre, ton train peut être l'autre qui est caché par le train... ou inversement.

COLUCHE – Ah bon, on est toujours l'autre pour quelqu'un !

LE MUSICIEN – Surtout qu'un train peut aussi cacher un quai !

COLUCHE – Ben en général y se gêne pas pour cacher un quai. Il en a rien à foutre c'est pas à lui, y s'arrête y repart.

LE MUSICIEN – Déjà le train c'est pas marrant.

COLUCHE – Oui, pis alors deux trains qui se cachent mutuellement s'annulent !

LE MUSICIEN – Ah ben, oui.

COLUCHE – Alors ils en profitent pour te vendre des billets pour des trains qu'existent pas ; y te disent il est caché par un autre, prenez l'autre !

LE MUSICIEN – Mais alors si t'es caché quand tu passes une frontière, le train passe en fraude ?

COLUCHE – Oui, pis quand y rattrape y te faut payer tout le train.

UN MUSICIEN – Oui, mais un train est pas obligé d'en cacher un autre, il peut, mais il a qu'à pas... personne lui a jamais demandé d'en cacher un autre ! Mais les trains ont pris l'habitude, on a laissé faire et maintenant y se gênent plus, faut voir. Y te cachent aussi bien une micheline en rase campagne qu'un omnibus dans une gare de triage, faut pas se gêner ! Personne dit rien, on laisse faire, alors aujourd'hui y cachent un autre train, demain y vont nous cacher des choses importantes pour le pays et on va à la faillite ! Non, parce qu'à l'origine y z'avaient mis un écriteau pour le cas où un abruti aurait traversé la voie pendant qu'il y avait déjà un train. En admettant qu'il ait réussi à s'en sortir si y en avait un autre derrière qu'il aurait pas vu, alors il risquait un accident !

COLUCHE – Oui, c'est con !

UN MUSICIEN – C'est pas malin !

COLUCHE – Ah !

LE MUSICIEN – Alors y t'ont remboursé ton billet ?

COLUCHE – Non, le chef m'a dit, encore heureux que ça vous soit arrivé avant de partir ! Oui, parce que j'ai un copain une fois il était dans un train comme ça, tout d'un coup il est doublé par deux autres trains, un de chaque côté ! Alors son train était caché deux fois, il a complètement disparu, y z'ont pris les valises sur la gueule et y z'ont été obligés de finir à pied !

LE MUSICIEN – C'est salaud !

COLUCHE – Tu t'en rends compte ?

LE MUSICIEN – Oui !

COLUCHE – Et arrivés à Lons-le-Saunier on leur a collé une amende parce qu'ils avaient une heure de retard.

LE MUSICIEN – Et à part ça, qu'est-ce que t'as foutu hier ?

COLUCHE – J'ai vu jouer *Le train sifflera*.

LE MUSICIEN – C'est bien ?

COLUCHE – Je l'avais déjà vu deux fois.

UN MUSICIEN – Qu'est-ce qu'il dit ?

LE MUSICIEN – Il dit qu'il a vu jouer *Le train sifflera trois fois*.

(1982)

La gym

— Respirez... Soufflez... Respirez... Soufflez. Le jeune blondinet au tricot rayé... Gérard ?... Si vous voulez bien faire comme tout le monde, merci ! Les anciens pourraient donner l'exemple, merde, je m'excuse ! Regardez-moi ça ! Je m'excuse, n'importe comment maintenant, alors arrêtez, arrêtez ! Cessez ! C'est incroyable on dirait des planches, je m'excuse... Monsieur, le jeune homme à la coquille. J'ai demandé au début de l'année que l'on vienne en short ! Ici, on travaille en short. Monsieur, là, non ! Le nouveau... Vous z'appelez comment ?

— Lederman.

— Bon, même pas Français ! J'ai demandé au début de l'année que l'on mette des élastiques aux shorts. Alors, mon vieux, je m'excuse pour les nouveaux, mais on voit tes couilles. Je m'excuse... Ça discute là-bas et comme par hasard le jeune homme à la coquille et le tricot rayé... je voudrais savoir comment vous comptez passer l'examen ! On rigole agaga... Ben, c'est un comble ! Passez-moi l'expression mais merde ! Je m'excuse, à cent quarante-quatre jours de l'examen, personne ne sait faire le mouvement cor-

C.

rectement alors... Qu'est-ce que c'est le jeune homme à la coquille, apporte-moi ça !

— C'est ma fiancée !

— Alors pas de ça sur un terrain de sport. Ailleurs si tu veux, mais ici on travaille le mouvement, alors, s'il te plaît... Je confisque ! Tu viendras chercher ça dans mon placard à la fin de l'année avec tes parents ! Bon, le mouvement se décompose en trois mouvements qui sont le baissé, le poussé et le jeté... Ça rigole ! Et comme par hasard, la coquille et le tricot rayé ! Je m'excuse alors merde je m'excuse ! Alors vous me faites énerver. Alors on reprend, merde ! Je m'excuse, on va voir si vous rigolez à l'examen. Ça va être un désastre. Ça va être des 2, des 4 et des 3. Alors, je le fais... On s'applique, le baissé, on se baisse, le poussé et on pousse, le jeté et... Ah ! Aïe ! Imbéciles ! La coquille, aïe, le tricot rayé !

(1982)

Quand je la vois (quel émoi)

Paroles et musique de Coluche

When I see you
What a trouble
When I see you
What a trouble
When I see you
What a trouble
When I see you
What a trouble
Warum

When she sees me
What a trouble
When she sees me
What a trouble
When she sees me
What a trouble
When she sees me
What a trouble
Warum

Quand je la vois
Quel émoi
Quand je la vois
Quel émoi
Quand je la vois
Quel émoi

Quand je la vois
Quel émoi
Quand elle et moi
On se voit
Tout en moi
Quel émoi
Quand elle et moi
On se voit
Tout en moi
Quel émoi
Sur la plage
Oh !

Quand elle et moi
On se voit
Quand elle et moi
On se voit
Quand elle et moi
On se voit
Tout en moi
Quel émoi.

(1982)

Mes adieux au music-hall

Eh bien, oui, la chanson, le métier, tout ça... vingt ans déjà. Eh oui !

Ça ne vous rajeunit pas ! Surtout vous !

Oui, vingt ans...

L'acteur aussi, j'ai fait l'acteur, à mes débuts. Peut-être les plus anciens d'entre vous s'en souviennent-ils ?

Et comme cette soirée est donnée en forme d'adieux, j'ai choisi de faire pour vous une dernière fois l'acteur...

J'ai demandé à mon camarade régisseur de noter sur une feuille de papier les quelques phrases célèbres que j'ai eu l'occasion de dire à l'époque, les voici :

L'acteur, tu me fais un éclairage d'acteur, coco. Merci !

L'acteur... La vie, l'amour...

(Voix off :) « La porte ! »

... la porte, euh... la mort, le sang, le désespoir, la haine, la violence, la joie...

(Bruit fort avec cri off :) « Aïe, t'es con ! »

... la douleur... la vie est là, un peu de rêve, un peu

d'amour et puis bonjour ! L'amour est là, un peu de haine, un peu d'espoir et puis...

(Voix off :) « Bonsoir ! »

Oui, on entre, on crie et hop, c'est la vie, on bâille, on sort et hop, c'est la mort ! La vie, hélas, s'enfuit et ne s'arrête guère et la mort à grands pas vient vers vous.

Tout ce qui est et tout ce qui sera font à cœurs perdus une éternelle guerre... Ah ! Marie, si tu m'aimais, tu me ferais des nouilles...

Oui alors je ne sais pas qui a écrit ça, mais ça je l'ai jamais dit.

Les gens se marrent peut-être, mais moi je trouve ça con.

J'ai cité du sujet les mots des grands auteurs, en voici un que j'ai fait pour vous plaire, c'est le mot de la fin, le plus difficile est de dire en y pensant, ah oui ! Ce que tout le monde dit sans y penser. Merci !

Eh oui ! La scène, le métier, la gloire, les bravos. Évidemment, il y a des joies, malheureusement il y a aussi des peines.

Heureusement il y a des joies, malheureusement il y a des peines.

En effet, souvenons-nous de la joie de notre camarade trapéziste lorsqu'il s'envolait dans les airs et la peine qu'on a eue à le ramasser par terre.

Enfin ! Y a les deux on peut se débrouiller. Oui, peu de gens savent que souvent lorsque le rideau retombe l'artiste pleure sa solitude et son désespoir, eh oui !

À mes débuts, quand je suis arrivé, j'ai attendu

des mois et des mois et des mois... Les gens criaient : « Aidez-le » et puis j'ai fait un disque et j'en ai vendu, à ma mère d'abord, puis deux, trois, enfin vous connaissez l'histoire...

Bien sûr les imprésarios m'ont escroqué, mes copains m'ont piqué tout mon pognon, ma femme s'est barrée en emportant mes gosses, avec mes copains qui avaient mon pognon.

J'ai été malade ! Si, frappé en plein succès par un mal mystérieux, c'est vrai, c'était écrit dans les journaux, qu'est-ce que j'ai eu encore ?

La varicelle ? Mais ça j'étais tout petit.

J'ai même fait des tournées dans des pays inconnus où on se demande ce qu'on va faire tellement on est inconnu.

Enfin c'est fini, maintenant, mais je ne regrette rien. Non rien de rien !

Alors j'ai décidé de faire une dernière tournée d'adieux.

La même que la première que j'avais faite à mes débuts et pour ça je suis retourné dans toutes les villes où j'avais connu la gloire et le succès grâce à vous, cher public et ami, et dans les villes j'ai retrouvé les copains.

Nous avons bu un verre dans les bouges et puis j'ai retrouvé toutes les filles, moches, celles qui voulaient bien de moi à mes débuts, et pourtant j'aurais pu m'en taper des belles, eh bien, non !

Toutes les moches pour ennuyer les belles...

Oh, évidemment ! Les copains rigolaient parce que déjà il y a vingt ans on disait que ça ne pouvait pas s'arranger et ça s'est pas arrangé depuis, enfin.

Et puis je suis revenu dans le plus grand music-hall parisien et là, au cours d'un unique récital, je leur ai annoncé mes adieux et j'ai chanté toutes mes chansons.

Cent une, il y en avait... et les gens restaient.

On avait fermé les portes !

J'ai tout fait, j'ai tout fait, j'ai tout fait... J'étais pas le seul d'ailleurs, il faisait une chaleur là-dedans !

Et puis ils ont crié, une autre, une autre, alors je leur ai chanté ma prochaine chanson, celle qui sera sur mon prochain disque, quand je ferai ma rentrée puisque là ce sont mes adieux et ma prochaine chanson c'était ça !

(1982)

Je veux rester dans le noir

Paroles de Coluche et musique de Xavier Thibault

Non non non non
Non laissez-moi seul
Seul
Je ne veux plus la voir

Non non non
Je veux rester dans le noir
Elle a brisé d'un seul coup
Tout ce qui a été à nous
C'est peut-être pour mon bien
Mais moi je n'y comprends plus rien

Non non non
Je veux rester dans le noir
Oh yeh yeh yeh yeh dans le noir
Oh laissez-moi, laissez-moi
Je ne veux plus voir la lumière
Je veux rester dans le noir

Non non les copains ce soir

Je veux rester dans le noir
Je veux finir en beauté
Tout comme la belle fille que j'ai adorée

Non non non
Je veux rester dans le noir
Oh yeh yeh yeh yeh yeh dans le noir
Je veux chevaucher une dernière fois
Mon cheval d'acier vers la mort
Oui dans le noir pour ne plus voir

Je veux monter là-haut, tout là-haut
Sur la colline de mon malheur
Se lever le désespoir si tard
Et me jeter dans le précipice de mon destin.

(1982)

PC-CGT-Russie-Pologne

« Je suis capable du meilleur et du pire.
Mais, dans le pire, c'est moi le meilleur. »

Vous le savez la différence qu'il y a entre le parti communiste et le beaujolais ? C'est que le beaujolais est sûr de faire 12,5 !

Le Russe qui a eu le moins de chance, c'est Youri Gagarine : il a fait dix-sept fois le tour de la Terre et il est retombé en URSS !

Le communisme, c'est une des seules maladies graves qu'on n'a pas expérimentées d'abord sur les animaux.

Est-ce que le communisme pourrait arriver en Suisse ? Sûrement pas. C'est un trop petit pays pour un si grand malheur.

La différence entre le parti communiste français et le *Titanic* ? C'est qu'au moins pendant le naufrage du *Titanic*, y avait de la musique.

Georges Marchais a quand même dit : « Notre ambition n'est pas de tomber plus bas qu'aujourd'hui. » Ce qui n'est pas con.

Une fois, je vais pour le voir Georges Marchais. On me dit : « Non, il peut pas vous recevoir, il est en train d'écrire son discours. »

Je dis : « Ben, je l'entends ronfler, là... Il ronfle ! »

On me dit : « Ben, alors, c'est parce qu'il est en train de se relire ! »

Le parti communiste ils sont avec la CGT ! La CGT c'est le cancer général du travail.

À pas confondre avec FO : farce ouvrière !

Le cancer général du travail ? Encore que Krasucki dit que c'est faux. Parce que le cancer évolue, pas la CGT !

Dites-le avec moi : « Krasucki-ki-ki ! Syndicat-ca-ca ! » *(bis)*

L'autre jour, Krasucki annonce à la télévision : « Perturbations prévues à la RATP, SNCF, EDF. »

Attention Krasucki, la perturbation rend sourd !

Georges Marchais l'a dit, Krasucki aussi : « Entre deux cons alcooliques qui sont pas d'accord, je suis toujours pour celui de la CGT ou du parti ! »

Les syndicats représentent 12 % des travailleurs. Et la CGT 28 % de ces 12 %-là.

Ce qui fait 3 % des travailleurs pour la CGT. Et ils nous emmerdent ! Évidemment, Krasucki et Marchais préfèrent nous emmerder qu'aller en Pologne ou en URSS, ça, c'est sûr ! Ils passeraient pas à la télé là-bas, j'te le dis, hein ! Parce qu'en URSS aussi y a la télé dans toutes les chambres. Mais c'est elle qui vous regarde !

N'empêche qu'ils ont été obligés d'installer des essuie-glaces sur les téléviseurs.

Parce que les mecs crachaient sur les postes pendant les actualités.

Pour la politique, les Russes sont très forts : un homme de fer à la tête et tous les autres en tôle !

C'est marrant, les chefs sont très populaires. Jaruzelski a visité toute la Pologne. Les paysans l'ont accueilli chaleureusement en agitant leurs chaînes.

Là-bas, dans les bureaux, t'as pas le droit d'arroser les fleurs : ça fait rouiller les micros !

Que tu te fasses prendre à cracher par terre à Moscou, tu vas voir ! C'est parce que c'est interdit de faire de la politique dans la rue.

Vous savez d'ailleurs quand Jaruzelski il enlèvera ses lunettes noires ? Quand il aura fini de souder l'URSS à la Pologne.

Tu sais qu'ils ont rien ! Tu sais ce que c'est qu'un sandwich polonais ? C'est deux tickets de pain avec un ticket de jambon au milieu !

En URSS, y a pas de légumes dans les boutiques. Pour masquer le fait qu'y'a pas de viande non plus.

J'connais un mec qui a fait fortune en Pologne. Il a une usine de pancartes. Il en vend beaucoup : 800 000 par jour. Et sur les pancartes, y a écrit : « Pas de viande. »

Comme ils disent à Varsovie : « Boire ou conduire ?... De toute façon, on n'a pas de voitures. »

À Moscou, y a un savant qui a inventé un appareil qu'on trempe dans le cul avec un bras et qui monte, qui monte, qui monte, et hop ! Après ça, il vient à l'intérieur de la bouche et il t'arrache les dents !

Eh oui ! Tu m'diras, ça serait plus facile de passer par la bouche. Mais personne veut l'ouvrir, même chez le dentiste.

En URSS, pour avoir le statut d'écrivain professionnel, il faut avoir dénoncé deux camarades. Et éventuellement écrit un livre.

En URSS, pour reconnaître un espion, c'est pas dur : c'est le seul qui a un passeport.

Quant à savoir si on peut vivre décemment avec un salaire d'ouvrier russe, on n'en sait rien : personne n'a jamais essayé.

Bon, alors à la télé, genre les informations : « Météo : 32 degrés ou de force. »

Merci !

(1986)

Médecins sans diplômes

— Docteur ; je n'ai plus de mémoire !
— Payez d'avance !

Malade, malade, pauvre malade !
Tu nous fais chier : va mourir à l'hôpital !

Je l'ai lu dans le livre de Rika Zaraï : « Tu te trempes le cul dans l'eau froide, tu décolles la vignette qu'il y a sur le disque et il est remboursé par la Sécu ! »

D'ailleurs, Rika Zaraï elle a fait du mal à personne.

Les seuls qu'elle a rendus malades, c'est les médecins. Et les prix Nobel...

Parce qu'elle a quand même vendu plus de livres que le prix Nobel !

Remarquez, moi, j'y crois à ces trucs-là !

Je me souviens, y avait une grand-mère, elle disait toujours : « Il faut boire un Ricard avant chaque repas, et on n'est jamais malades. »

C'est vrai, mon grand-père était en pleine forme. Faut dire qu'il avait trois mois d'avance !

C'est atroce. Mon grand-père est mort dans des souffrances terribles.

Il disait au médecin : « Je souffre, docteur, je souffre. Laissez-moi mourir. »

L'autre lui dit : « Mais je vous en prie, j'ai pas besoin de conseils, je connais mon métier. »

Mon grand-père disait toujours : « Je préfère mourir que d'être opéré ! »

Le médecin lui a dit : « Mais l'un n'empêche pas l'autre ! »

Mais oui, monsieur, mais oui : on peut opérer sans anesthésie. Avec des boules Quiès !

C'est un médecin à son client : « D'ailleurs vous n'êtes pas malade : l'autopsie prouvera que j'avais raison. »

Ce qui arrive très souvent, c'est que le médecin guérit la maladie et finit quand même par tuer le malade.

Parce que si vous voulez pas être malade, si vous voulez pas mourir, le mieux c'était carrément de pas naître.

Avec la capote Nestor, j'suis pas né, j'suis pas mort.

En tout cas, le bouquin de Rika Zaraï, il est

super. Moi, je fais des dîners chez elle, c'est que de l'herbe. Avant de passer à table, elle dit toujours : « Dépêchez-vous, le dîner va faner ! »

Tout le problème, c'est de pas grossir. Parce que moi, j'avais de la famille italienne.

Vous savez la différence qu'il y a entre une grand-mère italienne et un éléphant ? Environ 10 kilos.

Mon grand-père était complètement miro. Une fois, il est allé chez l'opticien, il arrivait pas à voir le mur où il y avait les lettres. Le mec lui a dit : « C'est pas des lunettes qu'il vous faut, c'est un chien. »

Chez ma grand-mère, tout le monde faisait la prière avant la bouffe.

Faut dire que la bouffe était dégueulasse !

Il faut vachement se méfier de ce qu'on mange.

Encore que le champignon le plus vénéneux, c'est quand même celui qu'on trouve dans les voitures !

Dans le bouquin de Rika Zaraï, je vois : « Que faire quand vous avez les dents jaunes ? Très simple : portez une cravate marron. »

Mais y a des combines naturelles ?

Bien sûr : contre la toux, par exemple.

Vous prenez un bon laxatif, ben, vous osez plus tousser !

C'est comme les psychiatres, c'est très efficace.
Moi avant, je pissais au lit, j'avais honte.
Je suis allé voir un psychiatre. Je suis guéri.
Maintenant je pisse au lit, mais j'en suis fier !

N'empêche que ce mec-là, pour 15 000 francs, il m'a débarrassé de ce que j'avais : j'avais 15 000 francs.

Moi, j'en connais un, un gynécologue : pour pas perdre la main pendant ses vacances, il repeint le corridor en passant la main par la boîte aux lettres.

J'ai suivi les conseils qu'il y a dans le livre de Rika Zaraï : « Le masque pour la nuit. »

Tu te mets des carottes, des olives, des œufs, des champignons.

Et, au réveil, t'as une pizza.

Dans le livre de Rika, y a un truc pour ne pas perdre ses cheveux. Moi, je sais ce qu'il faut faire pour ne pas perdre ses cheveux : il faut frotter la tête avec du papier à chiotte.

Parce que moi je me torche le cul depuis des années et il ne me manque pas un poil.

(1986)

Les discours en disent long
ou Silence on mange pour vous

« Vous ne dites rien ? Tant mieux.
De tous ceux qui n'ont rien à dire,
les plus agréables sont ceux qui se taisent. »

Françaises, Français, c'était très bien. L'année prochaine, ce sera pire !

Eh oui, mesdames et messieurs, le pays va mieux que l'année prochaine ! Nous envisageons un redressement dans cinq ans ! En effet, dans cinq ans, nous serons considérés comme un pays sous-développé auquel viendront en aide des pays industrialisés ! Vous ne dites rien ? Tant mieux. De tous ceux qui n'ont rien à dire, les plus agréables sont ceux qui se taisent.

Mais rappelez-vous que si la Gestapo avait les moyens de vous faire parler, les politiciens d'aujourd'hui ont les moyens de vous faire taire !

J'entends de droite et de gauche dire : « La droite est nulle, la gauche est nulle, je vote nul. » Éloignez-vous du fatalisme ! Réagissez ! Sachez prendre votre chance ! Rappelez-vous que quand il pleut des roubles, les malchanceux n'ont pas de sac !

LES CONVERSATIONS ÉTAIENT SOUVENT D'UNE HAUTE TENUE, ENTRE NOUS... JE N'AI JAMAIS OUBLIÉ CE QUE M'A DIT UN JOUR, COLUCHE...
TU SAIS POURQUOI JE DESSINE ? C'EST PARCEQUE JE NE SAIS RIEN FAIRE D'AUTRE...
DANS LA VIE, IL FAUT FAIRE CE QU'ON SAIT FAIRE...
IL EST BON CE CHOCHICHON.
WOLINSKI

La France doit se redresser ! Elle compte sur vous. Il faut acheter français ! C'est très facile d'acheter français ! Comment reconnaître un produit français ? C'est le plus cher. Acheter le plus cher, vous êtes sûr d'acheter français !

Je voudrais rassurer les peuples qui meurent de la famine dans le monde : ici on mange pour vous. Mais qu'ils prennent patience ! Les pauvres sont indispensables ! La preuve ? Les Américains en ont ! C'est quand même pas par snobisme ! Oui ! Les pauvres sont indispensables à l'équilibre du monde. Donc nous remercions les pauvres de l'être.

Pour les pauvres, hip, hip, hip, hourra !

Pour le Sahel, hip, hip, hip ! Pour l'Éthiopie, hip, hip, hip ! Pour l'Amérique du Sud, Manille, les Indes, hip, hip, hip ! Et les populations s'agitent, et j'te fais des affiches !

Un Rocard sinon rien ! Mon candidat c'est Hernu ! *(Bis.)*

À vos souhaits ! Et Raymond Barre avec ses 45 % de matière grasse... Chirac avec sa carrière... Et Giscard, quand il est pas là, il nous manque ! Faut dire que quand il est là il nous manque aussi !

PC c'est le parti des travailleurs. C'est là où il y a de vieux fossiles. Certains sont complètement marteaux !

(1986)

L'Administration

J'aurais bien travaillé dans l'Administration. Mais toute la journée à rien foutre, c'est dur ! Mais, c'est-à-dire que vous savez, l'Administration en France, c'est très fertile ! On y plante des fonctionnaires, il y pousse des impôts !

Moi je pourrais pas y travailler, parce que je parle en dormant, la nuit c'est pas très grave, mais au bureau c'est chiant !

Et puis, le premier jour que j'arrive, à l'Administration, personne ! Alors, j'appelle... personne !

Finalement, je vois le signal d'alarme, je tire le signal d'alarme. Cinq minutes après le mec arrive du bistro avec six bières.

Alors, c'est comme ça.

Alors, le premier jour, j'arrive, mon vieux, pas d'bol ! Ils nous donnent du travail comme quatre. Heureusement, on était huit.

Et, tout de suite, j'me suis fait un copain dans l'Administration. Y m'a dit : « Mon vieux, si je peux

ESCLAVE!
CHOISIS TON
MAÎTRE!
cabu

te donner un conseil, j'te vois là : ne dors pas le matin, sans ça tu sauras pas quoi faire cet après-midi. »

Parce que, vous savez, les Administrations, c'est des endroits où quand on arrive en retard, on croise ceux qui s'en vont en avance !

Et d'ailleurs, on dit que si jamais y en a un qui meurt, dans l'Administration, sur le lieu de service, il faut lui retirer les mains des poches pour faire croire à un accident de travail !

Tiens, sans compter qu'à l'Administration on devrait lui confier l'inflation !

Ben, ça la stopperait pas, mais ça la ralentirait considérablement quand même !

Combien vous croyez qu'y a de gens qui travaillent à la Sécurité sociale ?

Un sur quatre ! Et j'suis large !

À la Sécurité sociale, tout est assuré. Sauf la pendule. Ça, on risque pas de la voler : le personnel a les yeux constamment fixés dessus !

Alors, l'autre jour, une copine, je la vois qui part en avance. Le patron lui dit :

— Dites donc, vous partez en avance et vous êtes déjà arrivé en retard ce matin ?

— Eh ben, justement ! Je veux pas être en retard deux fois dans la même journée !

Ah, dis donc, heureusement qu'ils sont pas dans le bâtiment, à la Sécurité sociale ! Ils auraient les doigts pris dans le béton !

(1986)

La politesse

« L'école ne sert à rien qu'apprendre à lire, écrire et compter. C'est un bagage largement suffisant. »

Mon père tenait beaucoup à ce que j'aille à l'école pour apprendre la politesse. J'arrive : dans la rue, y a un panneau : « Ralentir, école. »

Y croyaient quand même pas qu'on allait y aller en courant non plus !

Bon, à l'école, j'ai appris des trucs :

— Conjuguez-moi le verbe savoir à tous les temps !

— Bon, je sais qu'il pleut. Je sais qu'il fait beau. Je sais qu'il y a du vent. Je sais qu'il neige... Hé merde !

« Bon, mettez-moi cette phrase au pluriel. »

Un train, moi j'l'avais lu dans le journal, c'est *des rails* le pluriel. Parce qu'y avait écrit : « Un train, des rails. »

Un voleur, c'est pareil, c'est *des valises*.

« Un voleur, des valises. »

La maîtresse me dit : « Citez-nous des animaux et puis les noms de leur famille. »

Alors, j'y dis : « Un coléoptère... Un hanneton, de la famille des coléoptères. Un morpion, de la famille des collés aux couilles. »

Fait chier, la maîtresse :
— Faites-moi un dessin de ce que vous voulez faire plus tard.
— Quand j'serai grand, moi, je veux baiser des gonzesses ! J'vais quand même pas y faire un dessin, non !

Je m'suis fait rouler tout le temps. On m'avait dit : « Mets pas tes doigts dans ton nez ! »
Puis, finalement, mes doigts ont grandi en même temps que mon nez, ça s'est très bien passé.

J'me souviens chez moi, y avait une photo de mes parents quand ils se sont mariés. Mon père était assis sur la chaise et ma mère était debout. Ça m'avait paru bizarre. L'autre, il disait tout le temps : « La politesse ! La politesse ! »
Eh ben, j'sais pourquoi !
C'est parce que c'était le lendemain de leur nuit de noces. Et puis ils avaient tellement baisé que mon père tenait plus debout et ma mère pouvait plus s'asseoir.

Alors, ils étaient très croyants chez moi. Alors,

avec la politesse et Dieu... Et plaff, j'te fous un petit Jésus au-dessus du lit.

Oui, on a mis des croix au-dessus des lits parce que Jésus a été crucifié...

T'imagines s'il avait été noyé ? Tu nous vois avec un bocal au-dessus du lit ?

Moi, j'y crois pas en Dieu. Au Père Noël, j'y crois, mais en Dieu, non !

La différence entre Dieu et le Père Noël, c'est que le Père Noël c'est vrai !

Mon père y dit tout l'temps : « Dieu a créé l'alcool pour que les femmes moches baisent quand même ! »

On dit toujours qu'on peut pas être et avoir été.

Eh ben, j'en connais un, dis donc, il a été con et il l'est encore !

En tout cas, quand je serai grand, je veux être poilu.

Je veux des poils partout, ça rapporte vachement de pognon ! Ma frangine, avec une touffe grosse comme ça, elle se fait beaucoup de blé, hein !

J'ai une sœur qui est bien. Elle a un beau cul et un mauvais caractère. C'est dommage : elle montre plus souvent son caractère que son cul...

Moi, plus tard, j'veux me marier avec une gonzesse qui a beaucoup baisé.

Parce que je connais la combine. Les pucelages,

c'est comme les porte-monnaie, on en perd tous les jours, malheureusement, on n'en trouve jamais !

Alors, l'autre jour, y a une gonzesse dans la rue. Elle était plus grande que moi, genre vingt, vingt-deux ans quoi, je lui dis : « Mademoiselle, je vois que vous faisiez rien, j'peux vous offrir une limonade ? »

Paf ! Elle me retourne une gifle !

T'imagines si je lui avais dit : « Dis donc, tu m'suces ? »

Vous savez ce que c'est qu'une fillette vierge en Turquie ? C'est une petite fille qui court plus vite que son père.

Cette pétasse elle est toute maigre !

Alors, elle à poil, elle boit un verre de vin, elle se déguise en thermomètre.

Elle est moche la gonzesse ! J'arrive et j'lui dis : « Euh... on vous a jamais dit que vous ressembliez à Catherine Deneuve ? »

Elle dit :

— Non !

— Ben, c'est normal !

On a été au zoo ensemble ! Ils voulaient pas la laisser sortir. Enfin, j'sais pas, elle avait quelque chose qui m'avait occasionné un développement de la personnalité, vous voyez ?

Finalement, j'me suis tapé la femme de ménage. Eh bien, vous m'croirez si vous voulez, elle est bonne, et en plus elle est bonne !

(1986)

Y s'foutent bien de notre gueule

« Un pour tous. Tous... pourris ! »

Ce qui nous coûte cher en France, je vais vous dire, c'est la bombe atomique !

Il paraît que ça, ça nous coûte la peau des noix. Et puis surtout tu sais quoi ? Il paraît qu'elle est toute petite, notre bombe atomique. Et que si jamais y avait des vrais pays qui viendraient nous casser la gueule, on serait ridicules, avec notre petite bombe atomique. Et ça nous coûte la peau des noix !

Finalement, cette bombe fait de nous des assassins en impuissance ! Et à quel prix ! C'est con !

Tiens, on se demandait à quoi ça servait, les frontières ?

Eh bien, on a trouvé. Regardez la catastrophe nucléaire de Tchernobyl : en Allemagne, c'était très grave ; en France, c'était pas grave. C'est la frontière !

Ces cons-là, ils ont trouvé un moyen de se faire la

guerre nucléaire tout seuls ! Y a même plus besoin d'ennemis.

Je me fais une bombe chez moi et je me la fais péter dans la gueule !

Ah, on vit un monde tout à fait étonnant !

La seule excuse de Dieu, c'est qu'il existe pas. Parce que dans le monde qu'on voit autour de nous, si on croit à l'existence de Dieu, on est obligés de croire à l'existence du diable !

Et on est bien obligés de se rendre compte que le diable l'emporte. Vous vous rendez compte que le pape est obligé de se déplacer dans une bagnole blindée : l'ange de la paix dans une cage de verre blindée !

La voiture, allemande, immatriculée conception, avec un pape au-dessus et seize soupapes en dessous !

C'est extraordinaire, ça : l'épiscopat télescopique ! Avec le siège qui se soulève dans la bagnole. Comme ça, il est sous-verre : des fois qu'y ait des microbes !

Alors le pape comme bide, merci !

Regardez la différence qu'il y a dans le monde entre la SPA et les droits de l'homme ! La SPA, ils sont forts, hein ?

La navette qui a explosé avec sept hommes dedans, si ça avait été sept singes, ben les expériences seraient interdites. L'homme est moins bien défendu que l'animal dans le monde !

Regardez, par exemple, la retraite à soixante ans. Pour tout le monde c'est une loi. Bon, c'est une loi pour tout le monde, sauf pour ceux qui la font. Reagan, Gorbatchev... Mitterrand.

Essayez de faire bosser dans une usine un mec de plus de soixante ans, ça va être un scandale. Essayez de faire bosser un singe plus de soixante ans, ça va être un scandale !

Tiens, une information ! Les Boeing ont tué deux mille personnes en 85, la société Boeing reconnaît une faiblesse à la queue.

Le syndrome du Boeing, c'est la queue qui se détache !

En tout cas, leurs Boeing, y feraient pas mal de les tester s'ils veulent pas qu'on les déteste.

Regardez maintenant l'augmentation des loyers !

En France, on va devenir très très balèzes.

Le matin, t'y passes, y a les fondations de l'immeuble.

Le soir, tu reviens, y a déjà les premières expulsions des mecs qu'ont pas payé leur loyer.

Et puis de quoi on s'plaint ? Le monde va très bien !

Évidemment, y a des guerres, y a de la famine ! Mais la guerre c'est l'hygiène du monde hein ? Et puis l'horreur est humaine. Tout le monde sait ça !

Alors, ça va bien. Regardez, la vie est bien foutue : les ouvriers travaillent, les patrons patronnent, le prolo sait comment on fait le travail, le patron sait pourquoi on fait le travail.

Si on écoutait, les riches c'est les méchants, les

pauvres c'est les gentils. Et puis tout le monde veut devenir méchant, quoi !

Ah, ils se foutent bien de notre gueule ! Et les attentats, les attentats terroristes ! Vous avez remarqué qu'y en a jamais en Suisse ? Vous avez remarqué qu'y en a pas en Amérique ?

Et vous avez déjà pris l'avion ? Vous avez vu comment y nous font chier pour prendre l'avion ?

On peut même pas passer un couteau suisse ou une pince à ongles quand tu prends l'avion ! Ils veulent nous faire croire que c'est des passagers qui montent les bombes !

Mais non ! Les bombes montent à l'escale avec des passeports diplomatiques, ou dans le personnel. On se démerde, mais c'est sûrement pas des mecs qui prennent l'avion !

Et puis après, on apprend qu'y a eu un attentat en Italie qui a fait quatre-vingts morts et qui avait tout simplement été préparé par les services secrets italiens.

Quand on pense qu'ils nous font chier avec la Sécurité sociale qui est en déficit, alors que le ministre de la Santé est même pas médecin !

On est en mesure de se poser la question : « Y a-t-il une vie avant la mort ? »

Les politiciens devraient s'inspirer de ce proverbe porc : « Ne faites pas aux truies ce que vous ne voudriez pas qu'on vous fasse ! »

Je crois que la grande différence qu'il y a entre les oiseaux et les hommes politiques, c'est que de temps en temps les oiseaux s'arrêtent de voler !

Les gens se plaignent de la sécurité. Alors on leur met plus de flics dans la rue.

Mais c'est tout le temps dans les mêmes. Quand vous voyez un flic dans la rue, c'est qu'y a pas de danger... S'il y avait du danger, le flic serait pas là !

Tiens, le milieu a tué un parrain ! Oui, c'est bien. Mais deux par deux, ça irait plus vite.

Comme y diraient les Suisses, quand on voit ce qu'on voit, et qu'on entend ce qu'on entend, ben, on a raison de penser ce qu'on pense !

(1986)

Le chômeur

Quand j'étais petit, je savais pas si je voulais être patron-chômeur ou ou ouvrier-chômeur. Et puis, finalement, j'ai pris ouvrier-chômeur.

Eh bien, j'ai bien fait, y a plus de choix.

Moi, j'ai été remplacé par une machine avec toute l'équipe de mecs qu'on était. Ah, une machine super !

Elle fait tout le travail à notre place !

Elle le fait aussi bien que nous, sinon mieux. Et puis, alors, la machine, ça a pas besoin de salaire, ça a pas besoin de repos, ça a pas besoin de vacances, c'est jamais malade !

Et le pire, ça a même pas besoin de travail !

Remarquez, le gouvernement s'en occupe, de l'emploi.

Surtout du sien. Il s'occupe de son emploi. Il veut pas perdre sa place.

C'est Lecanuet qui l'a dit à la télé : « Le gouvernement s'occupe de l'emploi. »

MONSIEUR COLUCHE, LA JUSTICE N'EST PAS ASSEZ SÉVÈRE !
LA JUSTICE ÇA N'EXISTE PAS. PARCEQUE S'IL YAVAIT UNE JUSTICE, ON AURAIT TOUS UN SEXE DE LA MÊME LONGUEUR.
WOLINSKI

Lecanuet, c'est la maxi-tête, il a les dents à Sacha Distel et tout est rafistolé. Lecanuet, il s'y connaît en emploi autant que Thierry Roland en danse classique !

À la télé, ils disent tous les jours : « Y a 3 millions de personnes qui veulent du travail. »

C'est pas vrai : de l'argent leur suffirait !

Alors moi, euh, ça fait quatre ans que je suis chômeur.

Alors, j'suis rentré à la maison, ma femme me dit : « Tiens, tu vois, si j'avais eu du lard, j't'aurais fait une omelette au lard. Malheureusement, j'ai pas d'œufs ! »

Ils disent : « C'est la crise... »

Mais la crise rend les riches plus riches et les pauvres plus pauvres. Je vois pas en quoi c'est une crise, moi.

Depuis que j'suis môme, j'entends dire, c'est fini, c'est plus comme avant. Eh ben, tant mieux que c'est plus comme avant, parce qu'avant c'était tarte !

Les politiciens, moi vous savez, euh... Je les aime pas ! Non. Je porte à gauche, remarquez, enfin, je supporte à droite.

Alors, un homme politique, si vous voulez, c'est d'abord un homme qui s'occupe de sa carrière. Et puis une fois qu'il est arrivé à un poste assez important alors, à ce moment-là, il met du pognon de côté.

Il commence à magouiller dans des affaires de gouvernement, avec des tierces personnes, hommes de paille qu'on appelle... Et y s'mettent du pognon de côté, parce que ça dure pas un homme politique, mais ils récupèrent l'argent après. Bien mal acquis ne profite qu'après !

Les problèmes du chômage, c'est que les politiciens s'intéressent qu'à eux. Y en a qui, pour briller en société, y mangeraient du cirage, hein !

Homme politique, c'est une profession où il est plus utile d'avoir des relations que des remords.

Y paraît que homme politique, c'est très facile dans la journée. Le plus dur, la nuit, c'est de dormir avec les yeux ouverts. Parce que y en a qui ont une conscience !

Vous avez remarqué ? Les salauds au cinéma sont toujours punis à la fin, tandis qu'à la télé, c'est toujours les mêmes.

Des fois, y a des hommes politiques qui descendent dans notre quartier. Eh bien, mon vieux, tu les verrais : quand ils te serrent la main, t'as intérêt à recompter tes doigts !

Moi, les hommes politiques, j'appelle ça des timbres. Des timbres, vous voyez ? De face, ils vous sourient, ils sont figés. Si jamais vous leur passez la main dans le dos, alors là, ça colle, vous en sortez plus !

Ah oui, mais alors, au début du septennat, y a toujours un état de grâce. Eh ben, au début c'est les trois mois et au bout d'un an du nouveau gouvernement, la garantie est foutue.

Alors vous, vous pouvez proposer toutes solutions. Eux, ils disent oui, ou ils disent non ! Comme disait mon père : « L'avenir appartient à ceux qui ont le veto ! »

Alors, en tant que chômeur, je remercie tous les enfoirés. Je remercie les enfoirés de gauche qui nous ont fait croire que c'était la droite qui savait pas gérer et que c'était pour ça qu'on était dans la merde.

Je remercie les enfoirés de droite qui nous ont fait croire que c'était à cause de ce qu'avait fait la gauche qu'on s'en sortait plus. Je remercie les enfoirés de patrons qui nous ont fait croire que c'était à cause de l'État qu'on n'arrivait pas à s'en sortir.

Et je remercie les enfoirés de syndicalistes qui nous ont fait croire que c'était la faute aux patrons. Tous se rejettent la faute les uns sur les autres.

Finalement, qui c'est qui l'a dans le cul ? C'est nous ! C'est ceux qui ont un cul.

Et puis, les politiciens, ils ont tous les droits : affaires Markovic, de Broglie, affaires du *Canard enchaîné,* de Bokassa, de Boulin, des avions renifleurs.

Tu peux rien dire : c'est le pot de fer contre le pot-de-vin.

Enfin, si tu veux, il y a deux sortes de justice : vous avez l'avocat qui connaît bien la loi et vous avez l'avocat qui connaît bien le juge.

Et puis, les gros bonnets, on peut pas les attraper. C'est toujours la même chose !

Ouais ! Y en a des bien dans les hommes politiques, y a du beau, y a du bon, mais y a du bonnet...

Y a surtout du bonnet.

On n'est pas assez nombreux ! Le truc, c'est qu'on n'est pas assez nombreux !

Après tout, peut-être que les chômeurs votent pour qu'on les prenne pour des travailleurs ?

Attention, moi, je suis chômeur. Mais l'État me paie pour résoudre la crise. Il me verse une allocation, et moi je cherche du travail, et j'en trouve pas. Et si j'en trouve, j'lui dis pas. Et dès que j'reçois l'allocation tous les mois, j'm'achète *Modes et Travaux*, parce que, dans *Modes et Travaux*, y a des patrons en papier de soie.

Y a rien de plus agréable que de s'torcher le cul avec un patron quand on est chômeur.

Enfin, y faut quand même pas qu'on s'plaigne ! Cette année on a eu le TGV, l'année prochaine on aura les rails.

Ah, le monde est comme ça quoi !

Karpov et Kasparov tirent au sort pour savoir qui aura les blancs, et en Afrique du Sud, Botha tire au hasard pour savoir qui aura les Noirs.

Enfin, nous en France, on n'en est quand même pas là, quoi ! Évidemment, y a l'extrême droite, à bon entendeur, salaud !

Enfin, dans l'ensemble on fait encore la différence entre un émir et un Arabe.

L'extrême droite a 10 % en France, comme les imprésarios. Sauf que les imprésarios crachent pas sur le noir en général !

Comme disait Jean-Marie : « Il ne faut rien jeter par la portière dans les trains, parce qu'on peut blesser un ouvrier... voire un Français ! »

Maintenant, j'ai trouvé une combine, je milite ! À chaque fois que je prends le taxi, je donne pas de pourboire et j'lui dis : « Vous vous rappellerez, hein : j'suis du RPR ! »

Enfin, je suis quand même content de savoir que ça fait quatre ans que je chôme et que ça a servi à la carrière d'un homme politique ou deux. Voilà, je suis très content ! Mais la prochaine fois, je saurai quoi voter, je ferai comme dans la publicité, votez, éliminez ! Votez, éliminez !

(1986)

Le sida – Les pédés

« Les pédés sont des enculés, mais c'est pas les seuls. »

SIDA : S-I-D-A, Sauvagement Introduit Dans l'Anus.

Moi, le sida, j'ai remarqué un truc ! Ça s'attrape surtout dans les journaux !

SIDA ! Sauvagement Introduit Dans l'Anus.

Ça s'attrape surtout dans les journaux : en effet, ça fait les gros titres. Alors que le sida a fait deux cents morts, l'année dernière, la tuberculose mille cinq cents morts, le cancer treize mille morts. Et l'alcoolisme dix-sept mille morts !

Y a pas de solution ! Les rats, figurez-vous, les rats de laboratoire refusent de s'enculer !

Qu'est-ce qu'ils viennent nous emmerder avec le sida ? Comme si les hémorroïdes ça suffisait pas ?

C'est pas très grave, hein ? Tu vas chez Midas, ils te changent le pot en trente minutes, mais enfin, bon...

Mais, comme dit mon docteur, le sida, ça peut s'attraper aussi sur les toilettes, hein ? Mais enfin, c'est pas là que c'est le plus confortable !

Eh bien maintenant, il y a une nouvelle psychose : les pédés donnent le sida. Eh bien, moi je vais te dire : les femmes donnent le cancer.

Quelle connerie !

Moi j'suis bien avec mon petit homme. On fait des rêves ensemble. Même des fois on va chez Prénatal.

Je l'avais connu à Boulogne. Il faisait sa tournée. Je suis arrivé. J'étais tout nouveau. Je lui ai dit : « M'sieur l'agent, y a des pédés qui s'enculent dans le bois. »

Il m'a dit : « Rapporteuse ! »

On n'habitait pas la même ville. Tous les jours, je lui envoyais une lettre. Il a fini par se mettre en ménage avec le facteur.

Mes parents étaient déshonorés. Un jour, un des copains de mon père lui a dit :

— Qu'est-ce qu'il fait ton fils ?

— Il est danseur.

L'autre lui a dit : « Ah bien, le mien aussi est pédé. »

J'ai tout de suite été dégoûté du sexe quand j'étais jeune, à la maison. Mon père, avec son sexe, il honorait ma mère et il déshonorait la bonne.

La bigamie, c'est quand on a une femme de trop. La monogamie aussi, voilà !

Et puis le mariage, j'sais pas, j'ai pas confiance ! D'abord, il faut des témoins, c'est comme dans les accidents.

Et puis, si on regarde bien, il y a beaucoup de couples qui ne sont séparés que par le mariage.

En général, on épouse une femme, on vit avec une autre et on n'aime que soi.

Si les femmes étaient bonnes, Dieu en aurait une.

J'ai eu plusieurs aventures sexuelles. L'une avec un communiste, dont je ne dirai pas le nom, qu'on appelle l'embrayage, parce que c'est la pédale de gauche ; l'autre avec une femme, une Anglaise.

Mon vieux, c'était moins bien que la gélatine. Parce qu'au moins, la gélatine anglaise, elle bouge un peu quand tu la bouffes !

La pauvre avait le clitoris comme un cornichon. Pas aussi gros. Aussi maigre.

Vous savez pourquoi je mets des slips Épéda multispire ? C'est pour pouvoir m'en gratter une sans réveiller l'autre.

Moi, je dis que les femmes seront l'égal de l'homme

le jour où elles accepteront d'être chauves et de trouver ça distingué.

Et puis les femmes sont doublement baisées : parce que pour faire un pédé, il faut deux mecs.

Enfin, nous, on peut se moquer des femmes enceintes, on sait que ça nous arrivera pas.

On peut dormir tranquille, l'anus porte conseil !

(1986)

Jean-Marie

L'extrême droite et la droite extrême.

Dans le parti de Jean-Marie, on est à droite ! Oui, c'est vrai : on est légèrement à la droite de Hitler.

« Aujourd'hui, on est un parti fort : nous sommes européens, nous sommes européens, tendance IIIe Reich, mais européens. »

On dit dans la presse : « Le Pen dépasse les borgnes, il exagère ! »

En tout cas, à la télé, il fait Führer !

François Mitterrand a dit : « Les immigrés sont ici chez eux ! »

Jean-Marie a répliqué : « Moi, je suis d'accord. Je me sens aussi chez eux ! »

Les étrangers devraient comprendre une chose, il vaut mieux être en bon état de santé qu'en mauvais état d'arrestation.

A-t-on le droit de taper sur un Arabe ?

« Oui, m'sieur, en trois exemplaires. J'suis dans l'Administration, j'le sais ! »

Devinette sportive :

— Savez-vous pourquoi les Russes sautent plus haut et les Noirs courent plus vite ?

— Parce que c'est la police qui les entraîne ! Tout n'est pas négatif !

La France, c'est 55 millions d'otages dont 49 millions de Français.

« Viens, Larbi, on va jouer au tennis, passe-moi les balles et les rockets ! »

Maintenant, on voit : « Tunisie amie. »

Elle nous a mis quoi ?

Là-bas, les gens réclament du pain !

On voit que des Beurs. Alors, ils sont emmerdés pour faire des tartines.

On nous a bourré le mou pendant des années comme quoi en 732 Charles Martel avait arrêté les Arabes à moitié.

Eh bien, maintenant, y en a jusqu'à Lille !

J'me marre, le pape visite les pays arabes. Ça m'ferait marrer qu'on lui pique sa mobylette !

Faut pas dire qu'on fait rien pour les immigrés.

L'autre jour, y a un Noir qui s'est fait brûler vif dans la rue.

En une heure, on a fait une quête pour sa veuve, on avait déjà ramassé 50 litres !

Jean-Marie le dit : « Le racisme, c'est comme les Nègres, ça ne devrait pas exister ! »

Je ne suis pas raciste, mais regarde : y a trop de Chinois ! Apprenez-leur le bon trou : qu'ils s'enculent ces gens-là !

Et tous ces Juifs, vous croyez pas qu'y en a trop ? Regardez ça :

Y a un milliard de Chinois, on n'en parle jamais.

Y a six millions de Juifs, on en parle tout le temps !

Vous savez pourquoi y a des catholiques ?

C'est pour acheter au détail parce que les Juifs n'achètent qu'en gros !

La grande différence entre Georges Marchais et Jean-Marie, c'est que Georges Marchais, il est de l'almanach Vermot, alors que Jean-Marie, il est de l'almanach Wehrmacht.

Et si les Noirs sentent fort, c'est pour que les aveugles les reconnaissent.

Alors les plaisanteries qui courent sur Jean-Marie comme quoi il aurait du sang étranger !

Sur son pare-chocs, il en a. Mais c'est tout !

Juste avant ma mort, je voudrais être converti en Arabe.

Comme ça, ça en fera un de moins !

(1986)

La pute

« Au fond, je suis très proche des gros cons dont je parle.

Au partage, j'ai seulement un petit plus d'humour. »

Tu viens chéri, j'te ferai le coup du microsillon. Tu sais pas c'que c'est le coup du microsillon ? C'est celui qu'on peut jouer sur les deux faces !

La péniche, on m'appelle ! La péniche, c'est le surnom que mes copines m'ont donné. C'est parce que je fais mes cinq nœuds à l'heure !

Regarde-moi ça, ce manteau de fourrure. J'aurais fait n'importe quoi pour l'avoir ! Quand je l'ai eu, je ne pouvais plus le boutonner.

Dans le bois, je te dis pas le temps qu'il fait : tu y vas pour ramasser un bel engin, tu reviens avec une belle angine.

J'ai essayé de travailler honnêtement. J'avais

TU VOIS COLUCHE, J'AIME LE POULET. JE N'AI PAS BESOIN DE COMPRENDRE LE POULET. LES FEMMES, C'EST PAREIL...
ATTENDS, JE NOTE...
WOLINSKI

trouvé un boulot de secrétaire. Alors, il me fait une dictée pour voir. J'fais dix-neuf fautes. Le mec baisse son pantalon et il me dit : « Madame, dix-neuf fautes. Si vous voulez entrer dans la maison, va falloir en faire une vingtième. »

J'ai tout de suite compris que mes meilleures amies, c'était mes jambes. Et j'ai aussi compris qu'il fallait souvent écarter ses meilleures amies !

Moi, c'que j'aurais aimé, c'est gagner un concours où on passe la nuit avec un artiste connu. J'aurais pris les chœurs de l'Armée rouge. Parce qu'il paraît que les femmes faciles c'est bon pour les hommes difficiles !

En tout cas, on a souvent vu une honnête femme faire le malheur d'un seul homme, et une pute faire le bonheur de plusieurs.

C'est marrant. J'ai remarqué parmi les honnêtes femmes que celles qui aiment pas les putes, c'est les plus moches !

Le mieux, c'est quand même les mecs : y en a qui vont aux putes toute leur vie. Mais dès qu'ils ne peuvent plus bander... Bref, pour ces messieurs, la moralité devient rigide quand le reste ne l'est plus !

Une fois, j'ai rencontré un mec formidable. Avec qui je suis restée longtemps.

Il m'avait fait faire tilt... D'ailleurs, il a eu droit à plusieurs parties gratuites.

Lui, il m'avait touchée au cœur. Les autres avaient pas visé assez haut.

Mon mec, un jour, il est arrivé chez mes parents. Il a dit : « Monsieur, j'suis venu demander le vagin de votre fille. » Alors mon père lui a dit :

— Vous voulez dire la main ?

— Eh bien, non... Si c'est pour faire ça à la main, j'ai la mienne !

On a beau dire... Les femmes, quand même, préfèrent plus les hommes qui les prennent sans les comprendre que les hommes qui les comprennent sans les prendre.

Ah, les hommes ! La raison du plumard est toujours la meilleure !

Mais il faut se méfier ! Y a des malades, on rencontre des malades ! Il ne faut pas oublier qu'un journal coupé en morceaux, ça n'intéresse pas une femme. Tandis qu'une femme coupée en morceaux, ça intéresse les journaux.

Ah, y a des malades ! L'autre jour je fais une pipe à un client. Je lui dis : « C'est marrant, tu sens le bouchon ! »

Il me dit : « C'est possible, je suis de Liège. »

J'ai un client... un courtier en Bourse. Mon vieux,

il a des actions en Bourse, mais pour lui mettre les bourses en action !

Et quand le client est très, très, très bourré, j'lui fais le coup du Hongrois. De l'amour hongrois !

Oui, je le prends entre mes cuisses... On croit qu'on baise et on baise pas !

Enfin, comme dit l'autre, c'est la foi qui compte : moi, je compte les fois.

J'peux pas dire que j'ai assisté à une course de sperme, mais j'ai souvent donné le départ !

Alors, l'autre jour, j'ai un client qui vient, qui gueule en me disant : « Oui, heu, tu m'as refilé la vérole ! »

Je lui dis : « Oh hé, tu l'as achetée 100 balles, ta vérole ! »

— Oui, j'ai des petits crabes, j'ai des petits crabes !

— Dis donc, pour 100 balles, tu veux pas une langouste, non ?

Non, mais ! Où il se croit, l'autre ?

Dans la rue, les putes, ça marche au doigt mais pas à l'œil !

Et même une fois, pendant le travail, j'ai été violée... Si, ça se peut ! Un enfoiré m'a refilé un faux billet ! Ah, je peux t'dire, il était moche en plus ! Ah ! j'oublie jamais un visage. Mais pour lui, j'ferai une exception.

Ma mère aussi était prostituée. Quand j'étais petite, elle me disait toujours : « Tu vois, mon frère, il a un petit robinet ! Eh ben, toi, si t'es pas sage, t'en auras plusieurs ! »

Toute ma famille est dans la prostitution. Sauf ma sœur : elle a été étouffée à l'oral.

Enfin ! comme dit ma mère, ça ne nous empêchera pas d'aller au paradis ! Ça m'étonnerait que saint Pierre soit inébranlable !

(1986)

Lettre à la Sécu

Chère Madame,

Je me décide à vous écrire, car je suis passée deux fois à la caisse et c'était fermé. Voici ma situation :

Mon premier mari étant provisoirement mort, je vis maternellement avec un Cubain.

Quand mon premier enfant a eu deux ans la caisse m'en a coupé la moitié.

D'autre part, on a coupé les bourses à mon deuxième qui ne va plus à l'école.

Moi, j'ai été couchée quinze jours avec le docteur tous les jours. Je suis restée malade à cheval sur deux mois et je me suis fait soigner avec des feuilles de maladie.

Comme je suis devenue veuve après la mort de mon mari, je vis avec une tierce personne.

Suite au passage du contrôleur, veuillez m'envoyer un carnet de maternité. Faites un effort, mon enfant va naître, il aura besoin de lait et mon pauvre mari ne pourra pas lui en donner, car avec ses dents de devant, il ne peut mâcher que du potage. Il a toujours

TU CROIS QUE TU VAS ME DOUBLER, DUCON ?
WOLINSKI

mal aux dents qui sont sur son derrière. Comme le pauvre doit partir chez les fous, je vous l'envoie à votre bureau.

J'espère que vous aurez pitié d'un pauvre homme, qui a sept enfants à manger, ainsi que sa femme et sa belle-mère.

(1980)

Table

Du même auteur
au Cherche Midi :

PENSÉES ET ANECDOTES, dessins de Cabu, Gébé, Gotlib, Reiser et Wolinski.
ÇA ROULE, MA POULE.
ET VOUS TROUVEZ ÇA DRÔLE ?
ELLE EST COURTE MAIS ELLE EST BONNE !
COLUCHE PAR COLUCHE, présenté par Philippe Vandel.
LE BEST OF COLUCHE.